WEI YUEDU

微阅读

1+1工程

1+1 GONGCHENG 第七辑

永远的奶香

刘靖安

百花洲文艺出版社
BAIHUAZHOU LITERATURE AND ART PRESS

图书在版编目（CIP）数据

永远的奶香／刘靖安著．—南昌：百花洲文艺出版社，2014.9

（微阅读1+1工程）

ISBN 978-7-5500-1062-8

Ⅰ.①永… Ⅱ.①刘… Ⅲ.①小小说—小说集—中国—当代 Ⅳ.①I247.8

中国版本图书馆CIP数据核字（2014）第195341号

永远的奶香

刘靖安　著

出 版 人：姚雪雪

组稿编辑：陈永林

责任编辑：张　越

出　　版：百花洲文艺出版社

发行单位：全国新华书店

印　　刷：北京一鑫印务有限责任公司

开　　本：787mm×1092mm　1/16

印　　张：12

版　　次：2015年3月第1版

印　　次：2015年3月第1次印刷

字　　数：128千字

书　　号：ISBN 978-7-5500-1062-8

定　　价：20.00元

赣版权登字：05-2015-21

邮购联系：0791-86895108

网址：http：//www.bhzwy.com

图书若有印装错误，影响阅读，可向承印厂联系调换。

前　言

以“极短的篇幅包容极大的思想”，才能够以小胜大，经过读者的阅读，碰撞出思想的火花，震撼人的心灵。正因为这样，微型小说成为一种充满了幽默智慧、充满了空灵巧妙的独特文体。

如果说在二十一世纪的头一个十年，是互联网大大改变了我们的生活，那么在我们正在经历的第二个十年里，手机将更为巨大地改变我们的生活。如今，以智能手机为平台，正在构成一个巨大的阅读平台。一种新的阅读方式正不知不觉地走进大众的生活。一个新的名词就此产生，它便是“微阅读”。微阅读，是一种借短消息、网络和短文体生存的阅读方式。微阅读是阅读领域的快餐，口袋书、手机报、微博，都代表微阅读。等车时，习惯拿出手机看新闻；走路时，喜欢戴上耳机“听”小说；陪人逛街，看电子书打发等待的时间。如果有这些行为，那说明你已在不知不觉中成为“微阅读”的忠实执行者了。让我们对微型小说前景充满信心和期待的是，微型小说在微阅读的浪潮中担当着极为重要的“源头活水”。

肩负着繁荣中国微型小说创作、促进这一文体进一步健康发展的责任和使命，微型小说选刊杂志社推出了“微阅读1+1工程”系列丛书。这套书由一百个当代中国微型小说作家的个人自选集组成，是微型小说选刊杂志社的一项以“打造文体，推出作家，奉献精品”为目的的微型小说重点工程。相信这套书的出版，对于促进微型小说文体的进一步推广和传播，对于激励微型小说作家的创作热情，对于微型小说这一文体与新媒体的进一步结合，将有着极为重要的作用和意义。

编者

2014年9月

目　录

蛙声如浪

我要出去打工！二秀说。

二秀说话的时候，天已经暗下来了。田野里，一大片一大片的秧苗，全被夜色笼住了。

二秀站在河岸上。河岸上，是一排垂柳。垂柳在风中，袅娜着身姿，柔柔的，像二秀飘逸在风中的秀发。

阿文站在二秀身边。阿文是二秀的男朋友。

阿文看着远处，像一段木头。

我要出去打工！二秀又说。这次，二秀的声音高了许多。呱呱——他们身后，突然响起了蛙声。二秀吓了一跳，身子顺势靠在了阿文肩上。蛙声像凑热闹似的，这儿一声，那儿一声，或长或短，或低或高地互相应和起来。

说话呀你！二秀催促着。

我还说啥，你都铁了心。阿文气冲冲地坐在了地上。

二秀说出去打工，已经说两年了。阿文老是不答应。有时，逼急了，阿文就说他出去。但阿文不能走，他爸妈已是五十的人了，家里家外全靠他。进退两难的阿文，面对二秀，比女人还楚楚可怜。二秀心一软，只得让步了。

这次，二秀不会再让步了。阿文有这个预感。

前几天，和二秀去赶集，阿文就明白二秀的心思了。那天，二秀说要买件衣服，让阿文陪她。阿文陪着二秀，走遍了镇上大大小小的时装店，都没买成。称心的，要三四百，买不起。价钱低的，二秀又看不上眼。失望在二秀上脸上迅速地蔓延。在回村的路上，二秀叹着气，羡慕地说，你看桂枝，四五百的衣服，眼都不眨不一下。你看三娃，结婚的时候，用的穿的床上的样样都是高档货。我们呢？啥也没有，你想过我们的将来吗？

那好，我豁出去了。阿文说。

你能走吗？算了，还是我去吧。二秀摇着头说。

现在，二秀终于摊牌了。

天，越发地暗了。四周全像泼了墨。田野的蛙声，像洪水一样，涨了上来，把夜里的一切全淹没了，包括二秀和阿文。村子在身后，那里有一些星星点点昏黄的灯光，他们瞧不见。他们面对着河水，河水在黑暗中和着蛙声的韵律，哗哗地流淌着，好像来自遥远的地方。

别这样，二秀永远是你的。二秀把头埋进阿文的怀里，低声说。

到了外面，你就会身不由己了。阿文的声音充满了悲怆。

难道你这么不相信我，不相信我们五年的感情？二秀抬起头，手指游上了阿文的脸。二秀的手指湿漉漉的。二秀发现，阿文在流泪。

二秀心里一颤。黑暗中，二秀咬了咬牙。

二秀伸出双手，抱住了阿文的头。阿文一把揽了二秀，两张嘴粘在了一起。蛙声，一浪高过一浪，前赴后继地涌上来，拍打着整个河床……

不知过了多久，二秀终于说话了。

二秀说，现在，我是你的人了，这下放心了吧？

阿文轻轻地嗯了一声，然后说，什么时候走？

明天，二秀说，不然夜长梦多，怕又走不了了。

沉默了好一阵，二秀又说，晚了，我们都回去吧。

阿文站起来，搂着二秀的腰，踩着一路蛙声各自回家了。

第二天，二秀真的走了。

阿文站在车站，又变成了一段木头。

年底，二秀没回来。阿文一等又是半年。这天，阿文收到了二秀第二封信。二秀在信里说，那天晚上的蛙声老出现在她的梦中，她好想听，可是城市里听不到。末了，还说，等挣了钱，一定早些回来……

不久，二秀收到了阿文的回信，还有一个包裹。二秀打开包裹，就看见一盘磁带。二秀借了随身听，躲在一个角落里，悄悄地听。一阵“刺刺”声之后，一片蛙声便密密地拍打着耳鼓，一浪高过一浪，此起彼伏。

二秀哭了。哭着的二秀，在泪眼蒙胧中，看到远处一个男人走了过来。

二秀慌乱地取出磁带，扔进了旁边的垃圾桶。

永远的奶香

松有一个梦，这个梦做了三十年。

松的梦里，是一个女人，叫二香。

二香男人是个火炮脾气，一点就着。跟了男人几十年，二香没少挨打。

有一回，松听不下去，就怒气冲冲打开后门，爬上一道坎，冲进二香家里，一把拉住了她男人。二香缩在屋角，抱着头，抬起一双泪眼说，松，你别管，让他打死算了。她男人停止了咆哮，像看怪物一样看松。男人每次打二香总是操着大嗓门，边打边骂，上下几层院子都清晰可闻。

你给我滚，她是我的女人，关你屁事。男人指着两扇门，吼。

我知道，但你不能打人。松不松手。

男人竟然笑了。

你姓你的张，她姓她的王，你们又不是亲戚。男人说，你既然这样护她，不说出个道理来，你休想出这个门。男人目露凶光，伸出的右手，像一把张开的钳子，卡住了松的脖子。

我喜欢她，怎么样？你不要，我娶。你有本事，就掐死我。松梗着脖子，闷声闷气地说。

男人突然一声大笑，松开手，把松推出门，说，你一个小娃娃，我不和你计较，回去挺你的尸吧。松还想说什么，可身后的门“啪”的关上了。松侧耳听了听，屋里静了。松放了心，披一身月光回了家。

那年，二香三十多岁，松还不到二十。

日子一天天地流走了，二香和松的年龄也像春天的小草，一天天地往上长。二香的男人终于走向了人生的冬天，生命就像一棵小草一样枯萎了。

松的机会来了。这天，松找到了二香。

松说，二香，嫁给我吧，让我好好照顾你。

二香抬起头，笑了笑，笑出一些深深浅浅的皱纹。

别笑啊，我说的是真的。松急了。

你疯了吗？我比你大十六岁哩。二香慢悠悠地说。

我不管，就要娶你，我等你三十年了。松抓住二香的手，握进了手心。

二香像被烫了一下，猛地缩了回去。二香说，我都成老太婆了，你喜欢我啥？别哄我高兴了。

就是喜欢你，从那一刻起，我就喜欢你了。松的话语无伦次。

那一刻？二香不明白。

是的，从吃到你奶那天起，我就喜欢你了，梦里老是你。松轻轻地说。

二香恍然大悟。二香说，那是疯着玩的，你还记着啊。

松当然记着，甚至是刻骨铭心。松出生后，他娘奶水少，成天饿得嗷嗷叫。没办法，他爹娘只得挣命挣工分。有一次，他爹娘上山采肥，路上遇到了暴雨，在一个岩洞里躲雨的时候，发生了泥石流，他爹娘就被埋在了里面。松因为暂由他伯母带着，才幸免于难。没了爹娘，伯父就收养了他。那年头，生活差，松成长得死去活来，但总算像一棵松一样顽强地活下来了。十三年那年，松虽然瘦弱，但也能挣工分了。有一天，男男女女一起锄麦，趁休息的间歇，几个女人和一些男人开着玩笑，松也在旁边，他时不时地也插几句。两个女人看松小，想逗他，就一使眼色，上前把松按在了地上。一个女人喊，二香，快来，给他吃点奶。二香刚生了儿子伟，两个白白大大的奶子把衣服拱得老高。二香也是个爱热闹的人，他二话不说，跑过去，撩起衣服，右手往乳房上一捏，奶水就像水枪一样，直直地射进松的嘴里。松开始是挣扎，接着就不动了，闭着眼睛把二香的奶水全吞进了肚里。松打小没那么饱饱地吃过一个人的奶，那段浓浓的奶香让他迷醉了，松想起了母亲，他不由得主动张开大嘴。二香挤完两包胀鼓鼓的奶，跟着另两个女人一哄而散。松躺在地上，半天不愿起来。

香吗？一个女人远远地问。

香。松脱口而出。

从此，松像变了人似的，对二香着了迷。开始，松迷上的是二香的奶。不管下地还是收工，他都像跟屁虫一样跟在二香身边，眼睛盯着二香那颤巍巍的胸脯，一股奶香便从心底漾上来。后来，松渐渐长大了，稍稍知道了一点男女之事，对二香的迷恋就由奶香扩展开去，生出了一些别的东西。为什么会这样，松自己也不明白。

其实，松的条件也不差，找一个女人过日子也不算什么难事。二香不等松说话，又接着对松说，找一个吧，你伯父的两个儿子在外面工作，还要靠你照顾。再说，我老了，也没奶给你吃了。二香说这话的时候，自己都忍不住笑了。

谁说的？你永远有。松说着话，心里一股子奶香又漾了上来。一想起二香，一看到二香，松总是这样。媒人给松说了无数的女人，松都不感兴趣，他总觉得别的女人身上，少了点什么。

二香不答应松，松就不走。晚上，二香劝不动松，就做了饭，端了一碗给松，松不吃。二香关了门，睡了，松就在门外，二香二香地叫。

这一下，惹恼了伟。

伟娶了女人成了家，住在二香的隔壁。松叫二香的声音，把他拽下了床。伟走到松身边，踢了他一脚，说，都四十多的人了，要不要脸？你给我滚回去。松不理伟，还是叫二香。伟来了气，就把松往死里揍。松不还手，照样叫着。二香起来开了门，骂走了伟，把松拉起来，幽幽地说，你这是何苦呢？回去吧。

松摇头。松说，你不嫁给我，我不走，让伟打死算了。

二香听了这话，一下子就想起了男人打自己，松来帮她的情景。二香心动了，二香说，以前你就说过，你要娶我，是真心话？

是的，我一定要娶你。松说。

你回去吧，让我再想想。二香松了口。有了希望，松就说，明天，我来听信儿。

松刚走，伟就闯进了二香的屋里。不一会儿，屋里便传出了母子俩激烈的争吵声。松没有听见。

第二天，松去找二香，门关着，松就等。等到晌午，门还关着。松就找到伟，伟也觉得奇怪。二人来到二香门前，伟喊了几声妈，松喊了几声二香，没人应。二人都急了，合力撞开门，找到了二香。

二香呆呆地坐在床沿上，她的一头黑发，已经变成了一头的白霜。

竹　虫

浴室里，三秀一丝不挂地站在壁镜前，瞅着自己白白嫩嫩的身子，就想起了竹虫。

为什么会想起竹虫？三秀搞不懂。但有一点三秀明白，这个时候想起了不该想的东西，有些煞风景，有些不合时宜。笃笃笃，敲门声又响了，响得有些轻，有些暧昧。三秀顾不上多想，慌忙抓起内衣，边穿，边说，等一下，马上好了。

门开了，门外，站着一个男人。

男人着一条三角裤，遮住了那个最隐秘的部位。男人身上很白，在灯光下，白得有些晃眼。三秀看着男人的身子，脸红了红，就低下了头。还不好意思啊。男人笑了笑，轻轻拧了一把三秀的脸，一头钻了进去。三秀悄悄瞟了一眼男人的背影，突然又想起了竹虫，三秀觉得，男人和她一样，也像一只竹虫。

三秀的老家在一个大山里。那儿有大片大片的竹林，那儿盛产竹虫，三秀就是吃竹虫长大的。竹虫，对于三秀来说，已经刻骨铭心了。尽管，三秀已经来这个城市两年了，但她身上那股淡淡的奶油香味，还不时地浸出来，有很多次，三秀闻到了，真的闻到了。一闻到这股香味，三秀就想起了竹虫。

其实，山里人都知道，三秀也知道，竹虫有幼虫和成虫之分，人们吃的，是幼虫。幼虫寄生在竹筒内，以食嫩竹为主，从竹尖逐节往下吃，最后藏于根部黑暗的竹筒内。每到十一月，村里人就开始捕食了。小时候，三秀看着那些像掉了翅膀的蜻蜓一样，长得白白胖胖的竹虫，怕，不敢吃。父亲就说，怕什么呢？又不叫你生吃。父亲说完，就用开水氽了，倒进滚烫的油锅里，炸得金黄鲜亮，然后用漏瓢舀起来，撒些盐巴、海椒之类的佐料，顿时，一股奶油的香味便在屋里荡漾，像水一样，一波一波的。

父亲倒一杯酒，坐在桌上，用手指夹一只竹虫，吃了，再抿一口酒，那惬意劲，三秀永远记得。三秀看父亲吃得香，流着口水，怯怯地想吃又不敢吃。父亲说，来，闭上眼，张开嘴，啥也别想，吃。三秀咬咬牙，照做了。一只竹虫，从父亲的手里落下来，落进了三秀的嘴里。

吃了一只，想吃第二只，三秀吃上瘾了。三秀每天都缠着父亲，要竹虫吃。

后来，三秀大了，漂亮了，三秀就出来了。

三秀知道，有竹虫吃，没钱用，那不叫好日子。三秀要过好日子，只有出来了。村里打工的姐妹们都说，只要人长得漂亮，挣钱，容易。

认识男人，是在发廊里。

那天，三秀正在给人洗发，男人进来后，不要别人洗，非要三秀洗。一次发洗过，男人像着了魔，天天来洗，要三秀洗。一来二往，三秀就和男人熟了，男人开始约三秀吃饭、跳舞、唱歌了。有天晚上，三秀随男人去吃饭，男人喝了点酒，三秀在男人的怂恿下，也喝了点酒。男人就说，三秀，我爱你。三秀说，你爱我？你可是有老婆的人，别犯错误。男人怔了怔，说，你知道了？也好。男人就讲了他的家，讲了他的老婆，还讲了他们的婚姻。分手时，男人说，和我好了，不会亏你，你明白吧？三秀说明白。三秀当然明白，三秀嘴上没说，心里却拒绝了男人。

不得不佩服，男人很有决心，很有耐心，像一块胶，粘上三秀了。这一粘，就是两年。

三秀有些喜欢男人了。

三秀投降了。

三秀随男人走进了宾馆。男人迫不及待地把三秀推进了浴室。

三秀洗了澡，身上又飘出了一股子奶香味，三秀睡在床上，听着浴室里哗哗的水声，听着自己怦怦的心跳，开始有一茬没一茬地胡思乱想。

男人出来了。

男人把身上的浴巾扔在椅子上，像一只竹虫，滑进了被窝，一把抱住了三秀。

脱了吧。男人说。

三秀不脱，男人劲大，三下五除五二，就剥了三秀的衣服，把三秀变成了一只竹虫。

两只竹虫，在床上翻滚着。床，像一只锅，他们的激情，像锅里滚烫的油。

以后的很多天，三秀不经意间，就会想起这一幕。三秀跟着想起的，还有她在家里下厨，炸竹虫的情景。想起这些的时候，三秀已经不在发廊上班了，三秀已经搬进了男人给她租的公寓里。搬进去那天，男人说，好好享受吧，吃的穿的用的，不用愁。男人说完，甩给三秀厚厚几沓钱，意气风发地走了。

三秀知道，男人在机关上班，又没做生意，哪来这么多钱呢？三秀想不明白，就不想，就想山里那成片的竹林，那白白胖胖的竹虫，油炸后发出奶油香味的竹虫。

有一天，男人走进了公寓。

男人发现，三秀走了。

男人还发现，三秀留下了一张纸条，还有那几沓厚厚的钱。

纸条上，三秀说，她不想变成一只真正的竹虫。

秋　蝶

椏村的秋天，有很多蝶，很多秋蝶。红的、黄的、紫的，满村子飞，飞得五彩缤纷。

椏村人最盼望的季节，就是秋天了。只要一入秋，人们就莫名地兴奋起来。不管多忙，他们每天总要抽点时间，和家里人一起，满村子转悠，哪儿蝶多，就在哪儿停下来，看蝶儿，说蝶儿，说着说着，一天的疲劳就不见了，心情就好了。有调皮的小孩，不知从哪儿摘一朵花，蹑手蹑脚走到蝶儿集中的地方，把花顶在头上，一动不动，站得久了，几只蝶就歇在了花上。花上的蝶儿，睁一双疑惑的眼睛，想，这花，怎么开这儿来了呢？也许是想得入了神，小孩已经慢慢将花从头上移下来了，还没发现，等一只蝶被小孩关在了手心，别的蝶才明白过来，扑扑翅膀，飞了。小孩不会杀蝶，小孩把玩一阵，往空中一送，放了。

秋蝶，活不过冬天，要疼惜它们。这些话，小孩们都记得。

这个秋天，发现第一只蝶的，是奎叔。

那天，奎叔起了个大早，一开门，就愣住了。奎叔看见，他家门外飞着一只蝶。愣了好久，蝶飞累了，歇在了门框上，奎叔张开蒲扇一样的大手，一巴掌拍了上去。

奎叔杀死了一只蝶。奎叔恨恨地骂，狗日的蝶，狗日的秋天，来得恁早！

奎叔又想起了一个叫秋蝶的女孩。

秋蝶十九岁。秋蝶患了癌症，治了半年，弄得家徒四壁。在奎叔的游说下，村里这家几百，那家几百，捐了三万多块，也用完了。医生说，别再花钱了，她活不过冬天了。秋蝶父亲含着泪，把秋蝶带回了家。

秋蝶回家的时候，还是春天，一晃，秋天说来就来了。秋天一来，冬天就会赶趟似的，跟着来。奎叔叹了口气，整个人突地成了霜打的茄子，没了精神。

奎叔坐在门槛上，眼皮一跳，他又看见了一只蝶。

奎叔提脚向秋蝶家去了。

秋蝶坐在院落里，也在看蝶。院落里，蝶儿很多，红的、黄的、紫的，飞得轻盈而忧伤。

秋蝶。奎叔叫了一声。

秋蝶回过神，叫了一声奎叔。秋蝶挪了挪，给奎叔腾出了半条凳子。奎叔坐上去，静静地看了一会儿秋蝶，说，你爸呢？

下地去了。秋蝶说。

秋蝶理了理长长的秀发，勉强地笑了笑，说，奎叔，你看我，还漂亮吗？

漂亮啊，谁不知道秋蝶是全村最漂亮的。奎叔这话，不是安慰，也不是夸张，秋蝶的漂亮，远近闻名。

那，你说，我能嫁给他吗？秋蝶的脸上，泛起了一层薄薄的红晕。

当然能啊。奎叔说完，紧跟着问，你说的他，是哪个？

秋蝶犹豫了一会儿，才说，是李正才。

李正才？奎叔挠着后脑勺，还是不知道李正才是谁。

就是李跛子。秋蝶说，为了给我治病，他捐了三千，他心里有我。再说，我都这样了，其他人不会娶我的。

你疯了呀，他都近三十岁的人了。奎叔摇着头说，你爸，也不会答应的。

是的，我爸不答应，所以才想请你帮忙。奎叔，大家都说，结了婚，有男人疼，是最幸福的事，我是快死的人了，如果这个心愿实现不了，我不甘心啊。秋蝶抽泣起来。

唉。奎叔又叹了一口气，说，好吧，奎叔帮你。

奎叔在村里很有威信，他说的话，大都会听。秋蝶的爸，当然也会听。李跛子更是求之不得了。一个近三十的人，还有什么挑剔的呢？况且，秋蝶，他喜欢，从骨子里喜欢。虽然秋蝶有病，也活不了多长时间，但能娶到她，也是他李跛子的福气哩。

三天后，在奎叔的操持下，秋蝶嫁进了李家。

李跛子把秋蝶当成了宝。原来，他还做些农活，现在有了秋蝶，啥也不做了，全扔给了他父母。李跛子天天做的事，就是扶着秋蝶，在村里看蝶儿。村里的蝶儿，比哪年都多，树上、花上、草丛里，一团一团的，簇拥着。那些够得着的地方，只要用手轻轻一碰，就四下里飞散了。走累了，看累了，他们就找一个地方，坐下来。每到这个时候，李跛子就捉一只蝶，放进秋蝶的手心，秋蝶就轻轻地一遍一遍抚摸着蝶，轻轻地说话，说一些谁也听不懂的话。然后，秋蝶手一扬，蝶就飞了。没了蝶，李跛子又去捉，又放进秋蝶的手心，秋蝶又开始说话，说一阵，又放。秋蝶乐此不疲，李跛子乐此不疲。

不知不觉，到了秋末。

这天，李跛子和秋蝶在村后的山坡上看蝶。山坡上花多，蝶多。本来，秋蝶是不想去的，说身体不舒服，但禁不住李跛子的再三哄劝，就去了。走到半路，秋蝶没力气再走了，李跛子就把她背了上去。两人正看得兴起，父亲喊李跛子的声音就传了上来。

等我，一会儿就来。李跛子临走时，说。

可是，李跛子回来，却没再看到秋蝶。

李跛子看到的，只是一堆厚厚的如山的蝶。秋蝶的身子，严严实实地被蝶山覆盖了。近处，远处的蝶，不停地飞来，前仆后继地扑在蝶山上。

李跛子疯了一样，扑在秋蝶身上。李跛子被闻讯赶来的村里人拉开了。

秋蝶，是我们村里的蝶仙哩。有人说。

冬天来了，那些蝶，全死了，变成了一堆泥。旁边，李跛子搭了一间草屋，守着那堆泥和泥里的秋蝶。

以后，每到秋天，人们看着村里的蝶儿，就会说，你看，秋蝶回来了，看我们来了。说这话的时候，大家眼里的忧伤，就会跟着那些蝶一起飞翔。

篱笆墙

儿子大根终于结婚了，许三娘想，我可以好好睡一觉了。可是，那晚的许三娘却怎么也睡不着。

许三娘睡不着，这是让大根和女人闹的。他们从上床，到天亮，没消停过。大根和女人住西房，许三娘住东房，中间就隔一道篱笆墙。篱笆墙上，糊着一层厚厚的旧报纸。大根的喘息，媳妇的呻吟，让许三娘的心跳得快了，脸也发烫了。许三娘想起了老白，想起了早逝的男人。

老白喜欢许三娘，村里谁都知道。许三娘男人死的时候，大根不到一岁，有人见她可怜，就撮合他们，但许三娘说，为了儿子，我不嫁。老白不死心，就等。有一天，老白找到许三娘，说，村里有人叫你许三娘，你还答应，你真想做许二娘那样的人？老白说完，眼睛定定地看着村口。村口，有一个牌坊的遗迹，年代太久远，已经倒塌了。但那些斑驳的石头还在，散在草丛里。石头上，许二娘的名字还依稀可辨。

他们要叫，就让他们叫吧。许三娘淡淡地说。

可是，你叫许小桂，不叫许三娘。老白说。

那好，现在大根也大了，你该答应我了吧。老白不等许三娘接话，又说。

许三娘摇头，说，我还没抱上孙子哩。

好吧，做你的许三娘吧，到时，我也给你立个牌坊。老白扬声说。说完，恨恨地转过身，走了。从此，老白再遇上她，老远就许三娘许三娘地叫，叫得比谁都响亮。但傻子都能听出来，老白的话里没有敬重，有的只是嘲笑。许三娘呢，不计较，还哎哎地应，老白一气之下，找了个伴，草草地住到了一起。不久，又卖了房，和老伴搬走了。

那时，我怎么就不答应他呢？许三娘想了一夜，也没想明白。想不明白，许三娘早早地起了床，早早地做了早饭，天一亮，就喊醒了大根。大根翻了个身，咕噜说，还早呢，再睡一会儿。许三娘就守着饭桌，等。早饭冷了，她就热一下。热过三遍，日头爬上山坡了，大根和女人才揉着眼睛，起了床。

吃饭时，大根看了一眼许三娘，说，妈，你眼睛怎么红肿了？没睡好？

睡得好呀，没事的。许三娘赶紧扒了口饭，含糊地说。吃完饭，许三娘连忙扛了把锄头，下地去了。她怕大根刨根问底，不好回答。

一连几个晚上，大根都像疯了一样，不停地折腾女人。许三娘照样睡不着，照样想老白，想早逝的男人，想着想着，许三娘就开始胡思乱想了。一会儿，是老白抱着自己；一会儿，是自己抱着男人；一会儿，又抱着一个乖孙子，笑得合不拢嘴。到半夜，许三娘觉得脸上凉凉的，像蚯蚓在爬，擦一把，发现是泪。许三娘擦干泪，长叹一声，轻轻地扇了自己几个嘴巴子，用被子死死地蒙了头，强迫自己睡了。

后来，许三娘不再多想了。她明白，自己错过了很多东西，现在都一大把年纪了，再想也是白搭。许三娘心里，唯一的希望，就是能快点抱上孙子。在大根和女人节奏感很强的韵律中，这样一想，她竟能安静地睡着了。

激情过后，冷却下来，大根便发现了自己的疏忽。

这天，许三娘回娘家去了，大根瞅了瞅篱笆墙，对女人说，这个不隔音，我们得先把它换成砖墙，等有了钱，再修新房。

女人明白他的意思，马上就同意了。

大根请了几个人，买回了砖和泥沙，推倒了篱笆墙，砌上了砖墙。前后没用到两天时间。第三天，许三娘回家，站在砖墙面前，黑着脸，问大根，为什么换了？谁叫你换的？

大根不做声。

女人说，妈，这篱笆墙不牢实，上面的报纸老往下掉，看着不舒服，是我叫大根换的。

媳妇说话了，许三娘不好再说什么，就黑着脸，坐一边生闷气。

晚上，许三娘一个人睡在床上，再也听不到与儿子有关的任何声音了。儿子，好像突然从她的身边完完全全地消失了。许三娘心里忐忑不安，无法成眠。天不亮，她就敲响了儿子的房门。儿子开门，问，妈，有事吗？

没事，看你在不在。许三娘说完，像做了亏心事一般，转身就回了屋。

接下来几天，许三娘几乎没睡个囫囵觉。许三娘迅速瘦了，老了。

一天，许三娘对大根说，还是把这砖墙换成篱笆吧？

为什么？大根不解。

晚上，妈这心里，空落落的，总不踏实。许三娘嗫嚅着说。

花了好几百哩，妈。再说，砖墙比篱笆好啊。大根说。

儿大不由娘，大根不换，许三娘也没法子。许三娘晚上睡不着，就起来坐在儿子门前，就着儿子和媳妇的说话声，或是折腾声，或是呼吸声，数天上的星星，看天上的月亮，看村口那个倒塌的牌坊。长此以往，铁打的身体也会垮的。一天晚上，许三娘再也没挺住，晕在了门前。天亮，大根发现了许三娘。大根把许三娘送进了镇医院。

住了几天院，许三娘回到家，睡在床上，看着那堵砖墙，发呆。

许三娘的身体越来越差了，有十来天没下过床了。

老白听说后，来看她。许三娘拉着老白的手，说，老白，我可能不行了。这一辈子，我对不起你。下辈子吧，下辈子我一定答应你。

几句话，把老白说得老泪纵横。

老白说，别说了，你会好起来的。

老白，我死了，你可不能给我立什么牌坊，我不是许二娘。我也知道，你那是气话。我没答应你，是大根，我怕拖累你。

大根站在旁边，跟着老白掉泪。大根狠狠地擦了一把眼睛，不声不响地出门去了。没多久，大根就带回了几个男人。大根指挥着他们，三下五除二，一堵砖墙就被拆掉了。

妈，编篱笆墙，是你的活儿了，你一定要好起来。大根把许三娘扶下了床。

许三娘颤颤巍巍地立着。脸上，绽开的笑容，像秋菊一样灿烂。

茶　杯

临近中午，男人和女人走出了宾馆。

刚上出租车，男人就说，我的茶杯呢？女人说，我哪知道，是不是忘在宾馆了？男人说，就是，要不，你等等我？女人说，你也不怕麻烦，这样吧，我们一会儿吃了饭，去买一个就行了。男人说，好吧。

男人和女人到了“好吃街”，要了些特色小吃。吃完后，男人说，时间还早，陪我去买个茶杯吧。女人说，该回去了，不然太晚了，不好，你还是回你们那儿买吧。男人说，两三个小时的车，不喝茶不习惯，我们还是一起去吧，要不了多久的。

男人好茶，不管到哪儿，也不管远近，总要带上一包茶叶，一个茶杯。茶杯里，泡着一杯淡淡的香茶。男人把茶杯抱在怀里，时不时呷一口，很优雅的样子。男人的茶杯，有好几年了，外面的金属壳有的地方已经生锈了，还舍不得扔。有时，朋友聚会，有人就恶作剧，把男人的茶杯藏了，他就四处找，像丢了宝贝一样。于是，就有人提议，让男人喝三杯酒，喝完才告诉他茶杯的下落。男人不喝酒，一喝酒脸红不说，还容易醉，但男人管不了那么多，提杯就喝，一口一杯。喝完酒，朋友们就像变戏法似的，把他的茶杯变了出来。为了一只茶杯，男人不知醉了多少回，可是男人对茶杯的珍爱，却丝毫没有改变。

现在，茶杯没了，男人还真有些不习惯。吃饭的时候，男人好几次想喝茶，连手都伸出去了，结果才发现，茶杯忘在宾馆了，伸到中途的手又怅然若失地缩了回去。这些，女人都看在眼里，记在心上。所以，女人不再坚持，想了想，就答应了男人。

走了几家小店，茶杯倒是有，但都不合男人的意。

到商场去看看吧。男人说。

随便买一个吧，能泡茶就行，何必那么讲究呢？女人说。

带在身边的东西，怎么能随便呢？男人说，我要买一个漂亮的，精致的，渴了，喝一口，就像亲着你一样。

我是一个茶杯？女人噗的一声笑了。

当然，看到它，就像看到你。男人嬉皮笑脸。

哦，那原来的茶杯是谁呢？女人不笑了。

昨天，男人在电话里说，我想你。女人听了后，心里便幸福了起来，跟着说，我也想你。男人又说，明天，是周末了，我们老地方见吧。女人沉默了，好半天没说话。男人说，来吧，不见不散。男人说完，就挂了电话。男人知道，女人一定会来。果然，女人撒了一个谎，一大早就离了家，坐车来了。一见面，男人和女人，就迫不及待地走进了宾馆。

那个茶杯，幸好没带出来。女人想，不然，就听不到男人的高论了。女人听了男人的高论，有些不高兴了。

不等男人说话，女人又说，你说呀，原来那个茶杯是谁？

男人笑了笑，笑得有些自然。男人说，不管是谁，你只要明白，今天新买的，是你就可以了。

我只是一个茶杯吗？女人说。

这个问题很难，男人不好回答。男人本想讨好女人，想表达他是多么爱女人，但男人弄巧成拙。男人不回答女人的话，一个劲儿地赔小心。赔完小心，男人又说，不说这个了，我们还是去买茶杯吧。

女人无精打采地跟着男人。

男人不停地逗女人开心，但女人却怎么也开心不起来。

进了商场，男人眼尖，一眼就看到了货架上那一排漂亮精致的茶杯。男人拿起一个，就问女人，好看吗？女人抬抬眼皮，说，你喜欢就行。问了几次，男人发现女人没什么兴致，就挑了一个自己最满意的。付了款，走出商场，女人说，我该回家了。男人说，我送送你。女人说，不用了，你也回吧。男人想了想，说，好吧，路上小心些。

男人站在原地，看着女人走远了，拐进了另一条街。再也看不到女人了，男人就抚摸着刚买的茶杯，朝另一个方向去了。

走进车站，男人要了开水，泡了一杯茶。男人抱着茶杯，买了票，上了车。

男人坐在车上，打开玻璃窗，呷茶，看景。

突然，男人的手机像虫子一样，叫了几声。

男人知道，短信来了。打开，男人一看，是女人发的。

女人说，我已经上车了，出发了，你放心。女人还说，以后，你别再打电话了，我回去马上就换号。

男人说，别这样，好吗?

女人说，我不想做你的茶杯。

男人说，可是，我想做你的茶杯。

女人说，可惜，我们都不是茶杯，如果是的话，那就好了，但不是。

男人急了，男人打女人的电话，女人已经关机了。

男人呆愣了一阵，然后握紧茶杯，向窗外狠狠地砸了下去。

杨大脚

扁担村有一个女人，叫杨大脚。她的脚很大，用村里人的话说，像蒲扇。这话说得过了些，有点夸张。

还没嫁给张五的时候，杨大脚因为脚大，不好找婆家。其实，杨大脚长得也不是很差，但别人一看她的脚，就吓着了，好像那双脚会吃人一样。有些已婚男人，却不怕，老想占她的便宜。有一次，杨大脚在后山砍柴，村里一个无赖见有机可乘，就悄悄摸到了她的身后，一把抱住了她。杨大脚挣扎着转过身子，猛地一推，飞起一脚，把那个无赖踹出了三米远。无赖躺在地上，边叫唤，边说，我没别的意思，主要还是想看看你的大脚。杨大脚提起脚，又要踹，无赖才住了口。

嫁给张五之后，杨大脚的踹功更是了得，别说张五，就是村里最横的二牛三兄弟也甘拜下风。

那天，杨大脚家的一块菜地被一群小猪糟蹋了。小猪是二牛家的。二牛排行第二，上面是大牛，下面是三牛。村里，谁都不敢惹他们。他们打起架来，像三头牯牛，不要命似的一拥而上。所以，即使大家受了点欺侮，也只能忍一忍，算了。可杨大脚不想再忍了，这已经是第三次了。前两次遭殃的，是她家的庄稼。

去，找他赔。杨大脚对张五说。

张五说，算了吧，多一事不如少一事。

不行，快去。杨大脚开始热身了。她扭动了几下大腿，作欲踹的样子。

张五后退了两步，摆着手说，我去还不行吗？

张五去了。他走到二牛家，却不敢进门，一双脚像被谁使了定身法。

张五想了想，转身往回走。可走到自家门前，也不敢进门，想了想，又转身，朝二牛家去了。如是反复，张五一连走了三个来回。最后，他只得把心一横，硬着头皮一步跨了进去。

二牛知道张五来干什么，他二话不说，一掌就把张五推到了门外。“叭”的一声，张五摔了个四脚朝天。地上，有一块小石子，正好硌在他的后脑勺上。随着一阵剧痛，张五一摸，满手是血。他再也顾不上讨公道了，翻将起来，跑回家去了。

杨大脚用一根布条，替张五简单包扎了一下，然后，拉上张五，站到了二牛的院子里。二牛三兄弟，从二牛家鱼贯而出。

杨大脚说，你家的猪，糟蹋了我的菜地，还打人？

二牛说，是猪，又不是我，找我干吗？

杨大脚说，你的意思是，我只能找小猪了？

二牛说，当然。二牛抄着手，不可一世的样子。

杨大脚的目光，往院里一扫，就看到了小猪。小猪在院子里疯跑着，寻食。杨大脚撒开大脚丫，几步追上去，捉住了一只小猪，狠狠地掼在了地上。

二牛急了，大牛和三牛也跟着急了。他们跑过去，把杨大脚围在中间，三只拳头不由分说落在了她的身上。杨大脚尖叫一声，提起脚，对准二牛的裤裆，踹了出去。接着，她又连叫两声，大脚如飞。可怜这三兄弟，平时嚣张惯了，没遇到过对手，如今被杨大脚的气势吓住了，动作一慢，被她全踹趴下了。二牛蜷在地上，苍白着脸，两手捂着裤裆，缩成一团。大牛和三牛爬起来，想扶他，但看到他的痛苦样儿，就停止了动作，连声问他怎么了。

二牛的脸，越来越不对劲儿了。

大牛和三牛，连忙抬了二牛，朝镇医院去了。

杨大脚揉了揉腿，笑了笑，带着张五，也朝医院去了。

二牛医了十天，用了八百多。

张五医了十天，用了一千多。

二牛带着兄弟们，拿出票据，找张五赔钱。杨大脚接过手，说，好啊。说完，她也拿出票据，又说，我们都算算，算了再说。双方算完，杨大脚说，你还要倒补我三百多，拿来。二牛盯着一双移动的大脚，连连后退。边退，二牛边说，怎么会呢？

牛二不服，就找村干部解决。村干部调解的结果，是双方都不对，自己的医药费自己负责。

这一架，杨大脚替村里人出了口恶气，大家见了她，都竖大拇指。她的那双大脚呢，也就更有名了。

张五却高兴不起来。他本来话就少，从医院回来后，成天像个闷葫芦，话更少了。

杨大脚说，该高兴哪，你怎么哭丧着脸，像死了亲娘老子一样。

张五叹了口气，说，你认为值吗？一千多块啊。

张五走进医院那天，医生给他的伤口消毒、包扎以后，他就想回家了，但杨大脚没让。杨大脚说，住院，二牛住多久你住多久。伤口好了，张五又想出院。杨大脚又说，不行，伤口好了，查查看，说不定那一摔，还摔出了其他毛病，趁这个机会，也一并治了吧。第十天，杨大脚看二牛熬不住了，心里那个高兴劲儿，就甭提了。

眼下，一看张五为一千块钱，心痛成这样，杨大脚就说，你呀，简直就是个猪头。

张五不吭声，偷偷地看杨大脚的脚。以前，杨大脚一骂他，就要踹他。这次，杨大脚坐在凳子上，没一点踹他的意思。

杨大脚说，原来你们一家，尽受别人欺侮，屁都不敢放一个，现在看看，哪个还敢！这叫杀猴给鸡看，懂吗？别说一千块，就是一万块，也千值万值。

张五想通了，就笑了，说，你这一说，还真是——值了。以后，有你这双大脚，我还怕什么呢？

杨大脚抚摸着她的大脚，脸上显出得意的神色。

裸睡

男人喜欢裸睡。

女人喜欢看男人裸着身子，在屋里跑来跑去的样子。男人解手，男人渴了，男人不渴女人渴了，男人就打开灯，咚咚咚地跑出去，一会儿又咚咚咚地跑回来。男人一起身，女人就跟着坐起来，目不转睛地看着男人。男人的皮肤很有男人味，在朦胧的灯光中，有一种阳刚美。男人上了床，女人总是忍不住要挑逗男人，把男人弄得睡意全无。

女人是学美术的。

一天中午，女人看着床上光着身子的男人，不知怎么的，想画画了。女人找来铅笔，画板，对男人说，摆个姿势，我给你来一张。男人说，手发痒了？好吧，成全你。男人就侧了身子，弓着，然后用手托了下巴，深情地望着女人。女人抿嘴一笑，唰唰唰，铅笔开始在画纸上游走。

画着画着，女人突然停了笑，走到床边，指着男人大腿外侧，说，这是什么？男人笑而不答。女人就用手去抠，抠了半天，抠不掉。男人伸出手，摸了摸，说，抠不掉的，这是胎记。可是，黑黑的，不好看哪。女人说。没关系，这么大一点，不注意看不出来。男人说。

女人走回去，重新拿起了画笔。女人好像没多大兴趣了，有一笔没一笔的，画得有些懒散。

真的不好看吗？不好看就不画它吧。男人说。

不画它，还是你吗？女人手里的笔，快了起来。

没多久，女人画好了。

男人和女人，坐在床上，欣赏画上的男人。

男人是一个标准的美男子，整个身体，匀称而和谐。但是，那块胎记，却像一根刺，把女人的眼睛扎得很疼。要是没这个胎记，就完美了。女人说。

天下，哪里能找到完美的人呢？男人说。

谁说的？你如果把它取掉了，就完美了。女人说。

如果取不掉呢？

你躺在床上，怎么知道取不掉？女人说完，就催男人穿衣服。男人问上哪儿去，女人说上医院啊。男人就穿了衣服，上医院去了。

男人从医院带回了一瓶药。男人天天用棉签蘸了药水，涂到胎记上。一瓶药用完了，胎记还是老样子，根本去不掉。

算了吧。男人说。

不。女人说。

那，你说怎么办？男人摊开手，表示自己无能为力。

女人想了想，说，我有办法。女人带上男人，上街，走进了一条小巷。女人睁大眼睛，搜寻着。小巷走出头，女人也没有发现要找的地方。男人问女人找什么，女人没说话，还在四处张望。在女人的记忆中，她曾经看到过，这条小巷中，有一个取痣的小摊子。

女人无奈之下，只得问小巷里的店主。一个店子说，前段时间还在，现在不知搬到哪儿去了。

女人没有气馁，带着男人，继续找。

找了大半天，女人终于找着了。在另一条小巷尽头的一个角落里，铺着一张塑料布，上面摆着几个小瓶瓶。旁边的地上，坐着一个猥琐的中年人。

女人像看到救星一样，对中年人说，你能取胎记吗？

中年人说，我看看。

男人就俯下身，往上捞裤脚，可是，弄了很久，那个胎记藏得紧紧的，就是不露天。没法了，男人只得松了皮带，小心翼翼地把胎记展现在了中年人面前。

小菜一碟。中年人瞟了一眼，信心十足地说。

中年人动作麻利地配了药，收了钱。

回到家，女人帮男人把药敷衍上了。男人说，有些痛。女人说，忍一忍吧。男人就忍了。敷过几天后，女人一看，那个胎记不见了，只剩下一个红红的小洞。

女人很高兴，抱着男人又笑又跳。

又过了几天，再看，胎记下面的小洞不但没好，反而越来越大了。这一下，女人慌了手脚，连忙带上男人，去了医院。

后来，男人的胎记没了，变成了一个皱皱的伤疤，更不好看了。

一个晚上，睡觉的时候，衣服脱了，长裤脱了，男人正要脱短裤，女人按住他的手，说，算了，还是穿着睡吧。

男人就穿着睡了。男人不脱光，睡着不舒服，一晚上都没睡好。

后来，男人渐渐习惯了，还像女人一样，穿上了睡衣、睡裤。

如此一来，男人和女人，都觉得，这睡觉，一点滋味都没有了。每天之所以还要睡，只不过是身体的需要，例行公事而已。

小刘是个好同志

这天，刘青睡过了头，一觉醒来九点多了。刘青马不停蹄赶到单位，在楼道口悄悄一瞄，走廊上没人，他踮起脚尖几步跑进了办公室。不幸的是，他的位置上坐着一个人，那个人是马局长。

马局长黑着脸，径直走了出去。过了一会儿，各个科室的负责人都来了。马局长清清嗓子，严厉地说，前段时间，很多人多次违反上班纪律，今天更不像话，八人迟到，刘青作为副科长，竟然迟到将近两个小时，本月扣他奖金五十块。你们下去管好自己的人，如果有人再信邪，让我撞见了，别怪我翻脸不认人。马局长说完，拂袖而去。

刘青知道，这是马局长杀鸡儆猴。可是，一个上午，刘青怎么也想不通。他愤怒地坐在椅子上，啥也不做。是啊，这事谁摊上都会想不通。局里的人大多有背景，不好管，制度因此成了摆设。有人整天整天不上班，还有人上班溜出去打麻将，领导们睁一只眼闭一只眼，凭什么单单处罚他呢？况且，他还是第一次迟到。

刘青迟到，是有理由的。他的妻子下了岗，儿子上初中，他一个人的工资常常入不敷出。于是，妻子就在街头摆了个烧烤摊子。摊子白天不能摆，只能在晚上。昨晚，生意特别好，妻子一个人忙不过来，叫他去帮忙。十点多，妻子一个姐妹过生日，把她拉走了。后来，她在电话里又说，她走不了，被拽进歌厅唱歌去了。刘青一个人管着摊子，一直忙到凌晨一点。等他收拾了摊子，回家洗漱完毕，躺上床就差不多两点了。这些，刘青没说，他知道说了也白说。

下班时，同事们都来劝刘青，刘青不为所动。他还是那么坐着，扭曲着脸一副要吃人的模样。

突然，马局长走了进来，还顺手关上了门。马局长坐在刘青对面，笑了笑，对刘青说，小刘啊，我知道你想不通，没关系，只要你好好配合我的工作，我不会亏待你的。说着，马局长掏出一百元，递给刘青，又说，我知道你家里困难，这个你拿着，多这五十块算你的精神补助。手里的钱，红艳艳的，把刘青的脸也映红了。

马局长走了，刘青反复咂吧着马局长的话，豁然开朗。

没过多久，刘青又迟到了，十一点才到单位。当然，他又让马局长撞见了，又充当了一回反面教材，被扣了一百元。没几天，他悄悄溜了出去，一整天不见人，后来听他说出去打麻将了。这一次，处罚得最重，扣了两百元，还被撸去了副科长职务。那个月，刘青奖金不够扣，还顺延到了下个月。单位的人，都同情他，安慰他，都说他的运气太背，每次都让马局长撞见了。刘青表面上愤愤不平，心里却乐开了花。他屈指一算，从马局长那儿拿回了奖金不说，还多赚了五百多元。

人们从刘青身上，领教到了马局长的铁腕手段，再不敢造次了。年终，局里十多年来第一次评上了先进单位，受到了县委县政府的表彰。在表彰大会上，马局长还满面春风地作了专题发言，有保留地介绍了他先进的管理经验。

春天来了，花儿盛开了。马局长的微笑，也像一朵花儿一样，开得极为灿烂。马局长要调走了，调到一个更不好管，但实权却更大的单位。

交接工作那天，新任局长向马局长讨教，马局长语重心长而又含蓄地说，小刘是一个难得好同志，你要艺术地使用他，这样，你的工作就会顺风顺水了。新任局长问小刘是谁，马局长说他叫刘青。可是，等新任局长了解情况后，就有些生气了，如果刘青是个好同志，天下恐怕就全是好同志了。刘青呢，马局长走了，他也想中规中矩地上自己的班，却做不到。隔三差五地，他就迟到一回，早退一回，这就好像一辆失控的汽车，想停却停不下来。

这样一来，刘青的奖金几乎月月被扣光。长此以往，这日子还怎么过？于是，刘青找到了马局长。

马局长听了他的情况汇报，想起临走时对新任局长说过的话，就哼了一声，不屑地说，孺子不可教也。这话，刘青以为说的是他，他不知怎么回答，就低着一颗头，可怜得像一个做错事的小学生。回去好好工作吧，相信一切会好起来的。马局长安慰刘青说。

刘青很失望，和马局长对望了一眼，他的眼里充满了怨恨。刘青走出马局长的办公室，他的双脚好像也充满了怨恨，踏出的步子很是响亮。

刘青响亮的脚步声，好像踏在了马局长的心上。马局长沉思了一会儿，掏出了电话。电话里，马局长说，小刘啊，我对你们局长说过，你是个好同志，可他只看到了表面现象，是身在宝山不识宝。你要相信自己，是个人物，总有用武之地的。如果你愿意到我这儿来，我很欢迎，但工作上，你还得多多配合。刘青连忙说愿意愿意，他激动得差一点掉下了眼泪。

马局长说到做到，没用一周时间，刘青就调到了他的麾下。

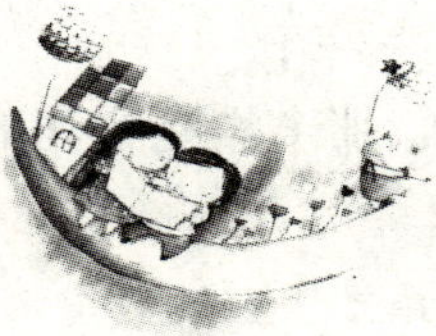

桃花坞

桃花生得像一朵桃花。

父亲常说，桃花，你妈生你的时候，我就在门外，我听到了你哭出的第一声。说到这里，父亲还夸张地一挥手，说，哇——的一声，我一回头，看到很多桃花飘下来，像下雪一样。你知道吗？我用那些桃花泡了水，让接生婆给你擦过身子呢！

小的时候，桃花听到这些，她的眼里，迷茫就像雾一样，弥漫开来。大了些，桃花就缠住母亲，说，妈，爸爸说的是真的吗？母亲往往笑而不答。

不管怎样，桃花喜欢上桃花了。

后来，桃花读书了。于是，每天清晨，桃花就捧着书本，来到几棵树下，仰着头，读一些，背一些和桃花有关的诗句。即使树上没有桃花，只是一树绿叶或是光秃秃的枝丫，可在桃花的想象里，那也是一树粉红色的花朵。久而久之，桃花觉得，自己也变成一朵桃花了，轻盈地飘上了枝头。

桃花初中毕业，因为成绩差，就没再读了。

桃花出去打工了。

桃花进了一家制衣厂。车间里，有一个小伙子，大家都叫他大山。

那天，桃花听到了大山和另一个人的对话。

一个人说，大山，从你的名字看，你家住在大山里吧？

大山说，是的。

那个人继续说，那儿的景色一定很美吧？

大山说，你说呢？我们的村子就叫桃花坞。

听到这儿，桃花心里一颤。桃花眼前，出现了大片大片的桃花，出现了纷纷扬扬，像雪花一样飘落的桃花。桃花看见自己，慢慢走进了桃树林。桃花还看见自己，仰起了脸，迎上了飘落的桃花。她的脸上，全被桃花覆盖了。

从此，桃花坞那个陌生的地方，那个满是桃花的地方，成了桃花的向往。

不知不觉，桃花主动和大山走近了，亲密了。

有一次，桃花问大山，桃花坞有桃花吗？

大山反问，你说呢？

桃花又说，春天的时候，桃花坞有人用桃花水洗澡吗？

大山看着桃花，把桃花的脸看成了一朵粉红的桃花。大山忘了回答。桃花催促，说呀！

大山笑而不答，还是看桃花。大山的笑，和桃花母亲的笑一样，有些神秘。

桃花低下了头，轻声说，春天的时候，你能陪陪我，去桃花坞看看桃花吗？

大山说，只要你愿意去，当然可以。说完，大山伸出双手，一把环住了桃花的腰。桃花挣扎了几下，就不动了，任由大山抱着。桃花的眼睛，过山，过水，一直看到了那个名叫桃花坞的小山村。那里，仿佛响起了桃花曾经背过的诗句，那些和桃花有关的诗句。

没过多久，桃花就像一朵桃花一样，让大山摘了，攥在了手里。

一晃，春天来了，百花盛开了。

桃花对大山说，我们该回桃花坞了。

大山不说走，也不说不走，样子很为难。

最后实在拗不过，他只得带着桃花，坐了火车，坐了汽车，坐了木船，然后爬了一山又一山，在一天中午时分，终于回到了那个叫桃花坞的小村子。

桃花坞坐落在一个小山坳里，四周被层层大山包围着。村子里，稀稀拉拉的是一些松树、柏树，还有一些开放着的野花，却没有桃树。没有桃树，也就没有桃花了。桃花找遍了整个村子，都没有。桃花的心，凉了。最后，凉透了。

桃花坞，竟然没有桃花。

第二天，大山就发现，桃花不见了。

桃花去哪儿了？大山不知道。其实，天不亮，桃花就走了。

走在出山的路上，桃花又想起了父亲。她明白，父亲给她取名桃花，是父亲和她一样，太喜欢桃花了。

桃花也知道，她家的院子里，并没有桃树，有的，只是几棵李树。那几棵李树，树干上全是黑黑的翻卷的皱褶，苍老得不成样子了。

走着走着，桃花就想明白了。她想找些桃树苗回去，栽在院子里，让她家的院子，成为一个真正的桃花坞。

雨后的蘑菇

镇上的人坐进了面包车。德福刚举起手，准备做个拜拜，但他的姿势还没做出来，车子就一溜烟，远去了。

德福收回目光，就看到了自己家的房子。

房子是两间木板房，蹲在离公路几十米远的一个小山坡上。

房子很有年头了，木板已经变了颜色，黑得有些让人无法忍受。不但如此，还变了形，东拉西扯的，朝一边倾斜着，好像再也经不起风吹雨打了，好像随便一个人吹一口气，就要倒塌了。

公路沿线的其他房子，全是清一色的砖瓦房。那些房子墙壁上，前几天都涂上了一层白，很扎人的眼。德福左看右看，发现自己的房子，也一样扎人的眼，但那是丑，就像一群白人中混进了一个黑人。

难怪，镇上的人要他德福把房子拆了。但房子是祖上留下来的，德福舍不得。

第二天，镇上的人又来了。这次来的，是一大群人，还有曾书记和王镇长。老远，曾书记就德福德福地喊。德福还在吃早饭，连忙放下碗，把一口饭硬生生咽下去，跑出门，把曾书记一行迎到了院坝里。

德福，我们到你家开现场会来了，还是端几个凳子出来嘛。王镇长说。

于是，德福进屋，拖了三个条凳。一行人互相谦让了一会儿，就坐下了。德福四周瞅了瞅，就着一段木头，也坐下了。

德福，昨天县上又打电话来了，为你这房子，我又挨批评了。曾书记说。你这房子，必须得拆。

德福不说话。

是啊，德福你是聪明人，你想嘛，省上的人来了，一看，烂不拉叽的，像个啥子话嘛。今天不把这个事解决好，我们是不走的哟。王镇长接着说。

德福还是不说话。

到时候，一颗老鼠屎坏了一锅汤，出了问题，即使我这个书记不当，都是个小事情，关键是影响了县上的形象，这个责任谁都负不起。你知道吗？这是个政治问题。曾书记大手一挥，加大了说话的力度。

还是表个态嘛，这样闷起是不得行的。曾书记身边的一个人说。

是啊，有什么条件，你提出来，大家商量。王镇长说。

你们说到这个份上了，看样子不拆不行了，但是，如果拆了，我一家人没住处，也没钱重新修，咋办？德福终于说话了。

这好办，钱嘛，镇上给你补助一点。曾书记说。

补助多少？德福说。

你说呢？王镇长问。

五万吧。德福想了想，伸出了一个巴掌。

太高了，不行。曾书记摆着手说。

你们说多少？德福退了一步。

最多两万。曾书记和王镇长交换了一下眼色。

少了些吧。德福声音软软的。说完这话，德福的头，就像没有骨头似的，一下子耷拉到了胸前，又不说话了。

曾书记把王镇长叫到一边，嘀咕了起来。过了好一阵子，他们又才回到了自己的座位上。

这样吧，加一万，三万，不能再多了。曾书记说，你这房子，管不了几天了，迟早都要倒的，这些钱修新房虽然不够，但实际上，我们给大头了，及时雨呢。

德福想了想，也是。再说，不管他怎么说，房子要拆，成定局了。于是，德福就有些不情愿地同意了。

王镇长生怕德福反悔似的，连忙说，那好，你马上去找个暂住的地方，不管亲戚家，还是邻居家，都行。下午，我们找人，东西帮你搬，房子帮你拆，够意思吧。

德福笑了笑，那笑比哭还难看。

德福家的木板房，终于拆掉了。

德福站在公路上，村里人围住了德福。

德福，你赚惨了，你那房子，顶多就值千把块。一个人说。

是啊，德福，你应该高兴哪。另一个人说。

德福什么也没说。他放眼望去，公路沿线全是一片白。少了自己家的房子，用王镇长的话说，确实好看多了，美丽多了。但那一片白，却晃得他的眼睛生疼。看久了，德福的眼睛就模糊了。德福揉了揉眼睛，便揉出了一些叫泪水的东西。

可是，最后的结果却让曾书记和王镇长目瞪口呆。

因为，两天后，德福家的房子四周，又突然长出了几间旧房子，像雨后的蘑菇一样。

谁都知道，那几间旧房子，是新修的。

事先，一点迹象都没有，于是，就有人疑惑了：那些房子，是什么时候修的呢？

乌夜啼

树上有一个鸟窝。

树在祥子门前。树很高大。起初，祥子没注意，也没闲心去管，儿子的病，已经让他无暇顾及了。后来，祥子发现，两只黑黑的鸟飞来飞去，极快乐的样子。他突然明白，那两只鸟，是乌鸦。再后来，每天晚上，祥子便听到了一只乌鸦的啼叫声。那声音，和他的心情一样，有一种难言的忧伤。

村里人都说，乌鸦叫，不吉利呢，祥子的报应来了。

祥子天不怕地不怕，当然不会像村里人一样迷信。但是，乌鸦整夜整夜的叫声，叫得他心烦，叫得他无名火起。这天天一亮，祥子就爬起来，拿出他很久没用过的火药枪，装了药，对准那只鸟窝，就是一家伙。一只乌鸦扑腾着翅膀，和鸟窝一起，重重地掉在了地上。空中，一些黑色的羽毛，在火药味中，四处飞扬。

乌鸦躺在地上，地上一片殷红。一双眼睛，无神地看着祥子。乌鸦旁边，是一只摔出窝的小乌鸦。小乌鸦身上，还是一些浅浅的茸毛，很漂亮。

祥子一咬牙，提起右脚，踩了下去。

爸爸，我要。儿子说。

这时候，祥子的脚便顿在了地上。他顺势后跟着地，脚尖就抬了起来。他的脚尖下，那只小乌鸦死里逃生。

祥子回头，儿子乞求的眼神，让他心一软。祥子挪开脚，说，好吧。

儿子笑了，苍白的脸上还泛起了红晕。

儿子很久没笑了。自从女人因为儿子的病，因为家里穷，逃离这个家以后，儿子就没有笑过了。现在，儿子终于笑了。祥子回转身，在儿子脸上，亲了一口。然后，蹲下去，双手捧起小乌鸦，放到了儿子摊开的手心里。

有了小乌鸦的陪伴，儿子快活了起来。

可是，一连两天，小乌鸦除了喝点水，啥都不吃，一直蔫蔫的，有气无神地样子，让儿子的笑像凝固的冰一样，化不开了。

这天，儿子说，爸爸，它是不是病了？

不会吧，它怎么会生病呢？不会的。祥子说。

肯定是病了。儿子的小手抚着小乌鸦的脊背，爱怜地说。

也许是吧。祥子顺着儿子的话说。

给它看看病吧，爸爸。儿子说。

看着儿子，祥子无言以对。为了给儿子治病，早已家徒四壁不说，还从亲戚那里借了一屁股的债，儿子已经断药两天了，哪有钱给一只乌鸦看病呢？

也许，儿子看出了祥子的心思，就说，我不吃药了，先给它看病吧。

祥子点了点头，然后，大步出门，坐在了屋檐下的滴水石上，看着远山，想，到哪儿去借钱呢？

最后，祥子只好硬着头皮，去找李村长。

祥子说明来意，李村长一言不发。祥子也不急，就那么枯坐着，等。等了很久，李村长才说，你呀，以前稍不顺你的意，就对大家非打即骂，知道大家恨你了吧，知道借不到了钱了吧，平时呀，还是要积点德，不然，哪个帮你啊。我嘛，就大度些，不计较你的过去，就借你一百块钱吧。说完，李材长掏出钱，递给了祥子。

祥子接过钱，飞跑回家，抱着儿子，儿子抱着小乌鸦，一起去了镇医院。

一听说给自己看病，儿子就哭着说，我不看，我不看。

祥子明白儿子的意思，僵持了一会儿，只得依了儿子。

打听了半天，祥子终于找到了一家宠物医院。

医生听说是给一只小乌鸦看病，差点笑掉了大牙。但生意上了门，他只得装模作样地给小乌鸦看了。他给小乌鸦开了药，打了针，交代了些注意事项，最后收了八十元。回家的路上，儿子不断哄着小乌鸦，开心得不得了。

回到家里，儿子像个小大人似的，一天三次，像祥子哄他一样，哄小乌鸦吃药。小乌鸦不会说话，只是睁一双小眼睛，看着他，很幸福的样子。

药吃完了，小乌鸦还是一如既往，没有一点好转。

儿子呢，已经断药三个月了。

祥子借不到钱，心急如焚。

儿子的病情急转直下。

儿子不行了。儿子最终还是去了。

儿子闭上眼睛的时候，他的怀里抱着小乌鸦，一脸灿烂的笑容。

小乌鸦在儿子怀里，一动不动，也陪着儿子一起去了。

祥子把小乌鸦和儿子葬在了一起。

那天晚上，祥子披一身黑，坐在一座小小的坟茔前，哭了。那哭声，村里人都说，很像以前他家门前那棵树上的乌鸦。

屋顶上的油菜花

种了几十年的地，突然闲下来了，刘老汉的心里闷得慌。

傍晚，儿子大强和二强下班回来，刘老汉对他们说，我又可以种地了。大强说，梦吧你，你当不成农民了。二强说，是啊，你想种都没地呀，别东想西想的了，安心享你的福吧。刘老汉说，这个，你们别管。

第二天，刘老汉起了个早，他找出了尘封已久的锄头、扁担、箢篼，自个儿去了野外。没多久，刘老汉就挑回一担泥土，一直挑上了楼。

全家人疑惑不解，便尾随其后。

挑上屋顶，刘老汉放下担子，蹲在一边喘气。上了年纪，体力差了。刘老汉一边揩汗水，一边自言自语。看见大强二强他们，刘老汉就指着箢篼说，把土倒出来。大强没动，二强也没动。大强说，你，要在这上面种地？不可以吗？刘老汉懒得多说，他自己起身，倒掉泥土，又挑着担子下了楼。

刘老汉决定的事，五匹马都拉不回头。看着刘老汉的背影，大强二强只有苦笑的份。

让他去吧，我们不管了。大强说。

就是，折腾累了，趴下了，自然就收场了。二强说。

可是，刘老汉的身子骨好像偏偏和大强二强作对似的，迸发出了无穷的活力。第一天下来，刘老汉觉得肩酸背痛的，就用拳头揉了揉，捶了捶，睡一觉起来，又接着干了。第二天下来，刘老汉自我感觉还好，肩没昨天酸了，背也没昨天痛了，干脆不揉也不捶，吃过晚饭，就躺到了床上。后面几天，刘老汉不但挑得多些了，还走得快些了。走起路来，地皮都打颤颤。刘老汉发现，自己好像年轻多了。

第十天，屋顶已经倒满了厚厚一层泥土，看不见一丝灰白的底色了。

刘老汉花了两天工夫，把土弄平了，把大块的捣碎了。然后，他掏开一小块地方，张开拇指和食指，量了量泥土的厚度。

薄了薄了。刘老汉一边摇头，一边拿起了扁担。

刘老汉一连又挑了三天。

一块地，在刘老汉的手里，终于诞生了。

那天晚上，刘老汉把全家人叫到屋顶，兴奋地说，你们看看，种什么合适？

种什么都行，反正不能种水稻。大强说。

还用你说，三岁娃儿都晓得。女人呛了大强一句。

种小麦吧。二强说。

刘老汉没有肯定，也没有否定，而是走到孙子刘星面前，说，刘星，你说种什么好呢？

刘星抠了抠后脑勺，然后像发现新大陆一样，说，种油菜，我好久没见过油菜花了。

好吧，听刘星的，就种油菜。刘老汉一拍大腿，就像拍卖场落下的锤音，没人再反对了。

油菜，终于种上了。

刘老汉每天做的事，就是三顿饭后，守着那块地，想象着油菜发芽、出土。然后，看着油菜生长。有时，他看一株油菜，一看就是老半天。油菜越长越高了，他又忙着锄草、施肥，干得不亦乐乎。

油菜，终于开花了。

黄色的花朵铺满了屋顶。远看，金黄的一片，像一片金黄的云彩，飘浮在空中，凝固在刘老汉家的房上。

人们都不敢相信自己的眼睛。油菜花怎么跑到刘老汉家屋顶上去了？人们互相傻傻地打听着。为了一看究竟，相信的人，不相信的人，都到刘老汉家来了。

刘老汉把他们一批一批带上了屋顶。

看够了，就有人说，刘老汉，看不出来，你还挺有创意嘛。

还有人说，刘老汉，你这么大岁数的人了，还挺浪漫的嘛。

刘老汉搓着手，嘿嘿地笑。

傍晚时分，送走最后一批客人，刘老汉站在菜地边，看着远远近近被围墙圈起来的田地，心里的喜悦一点点地消失了，代之而起的，是一些说不清道不明的惆怅。

楼下，大强在喊刘老汉吃晚饭了。

刘老汉答应着，下楼。突然，他的脚下一虚，从楼梯上滚了下去。

刘老汉住进了医院。

医生说，刘老汉是内伤，很重。

临终时，刘老汉拉着刘星的手，看着大强和二强，说，保住屋顶那块地，继续种下去。刘星没回答，只是喊着爷爷，哭。

突然，刘老汉看到了刘星身上那些星星点点的油茶花粉，笑容就露了出来。

人们都说，刘老汉含笑而终，走得很安详。

伟人山

包产到户那一年的某一天，老农突然发现了伟人山。

伟人山作为一座山，当然早被当地人熟知，只不过，那之前人们不叫它伟人山而已。

伟人山的对面半山腰，老农有块地。那天，老农把地里的农活忙完了，觉得累了，就坐在地边，抽上了烟卷。穿过飘浮的烟雾，老农的目光，落在了自家那两间木房上。看够了，他的目光开始往上，再往上，接着便停在了山顶。突然，老农惊得张大了嘴巴，过了很久，方才回过神来。然后，一骨碌翻将起来，朝一座山，跪了下去。

于是，一传十，十传百，村里人都跑到了山对面。老农一边指指点点，一边说，你们看，那些起起伏伏的山峰，连起来看，像不像某某某仰卧着？再看，那头，那脸，像不像？还有，那鼻子，那嘴巴，像不像？老农每问一句，人们都说，像，确实像！

从此，人们便把山叫伟人山了。

第二年，老农家的粮食丰收了，特别是伟人山对面那块地，收了整整三百斤小麦，这可比老农家一年的口粮还多啊！啧啧啧，村里人都说，我们有伟人保佑着，以后，可以吃个饱饭了。

果然，家家户户的收成一年比一年好，不再愁吃愁穿了。村里人懂得感恩，每到过年的时候，老农一声吆喝，人们就端着早已准备好的祭品，拖儿带女的，沿着小路下山，乘船渡过谷底的小河，来到伟人山对面的空旷之地，摆好祭品，点燃香蜡火纸，齐刷刷跪一排，遥祭伟人。

后来，公路修到了伟人山的山脚，偷树的就多了起来。有的来自山外，他们十来个人，半夜带上家伙，开着车子进山，山里人烟稀少，很难发现，即使发现了，也不敢咋样；有的人来自村里，他们联系好销路、车子，帮凶，半夜一样可以行动。山上的树桩多了，林子稀了，老农坐不住了。如果他们偷到山顶，后果就严重了。

一天下午，老农卷了一床被子，去了山顶。

老农搭了一个简单的窝棚，住进了窝棚里。

晚上，老农睡得早，睡得再早，一到凌晨，老农就醒了。醒了后，老农就一个人在林子里走来走去，支棱起耳朵，听周围的动静。有时，涛声太大，掩盖了其他声音，老农就沿着山顶一路走下去，估摸着差不多了，又折回来。如果是冷了，老农就提一个小小的风炉，继续走，一直走到天亮。天亮了，老农就回到家里，该干吗干吗，傍晚时分，又才上山。

有一次，老农还真个碰上了贼娃子。

贼娃子一共五人，晃着手电，朝着山顶爬了上来。他们不知道，老农早就发现他们了，早就埋伏在他们的必经之路上等着他们了。等他们走到跟前，老农倏地站了起来，吼道，回去。五个贼娃子吓了一跳，之后，揿亮手电，一看，是一个老人，胆子大了起来，其中一个说，少管闲事。另一个人上前，一把掀开老农，继续向前。老农一个趔趄，稳住身形，一转身又挡住了贼娃子。

活腻了是不是？打头阵的人气汹汹地说。

咋了？来硬的？告诉你，我不怕你们。你们知道这是哪儿吗？伟人山！老农说得铿锵有力。

知道，听说这儿树最好，我们只需要两棵。

一棵都不行。

老农说完，从身上掏出两颗雷管，又说，你们走吧，如果来硬的，我往风炉里一丢，大家同归于尽。老农说着，提起风炉，往里吹了一口，里面的木炭就随之红了起来。

贼娃子后退了几步。

僵持了几分钟，他们终于悻悻地下山去了。

就这样，老农在伟人山山顶，住了十几年。

一个偶然的机会，一个偶然的话题，一个朋友讲到了老农。于是，我便知道了老农的故事。现在，老农怎么样了？我很想去看看。

百里峡，离县城一百多公里，已经初步开发成了一个旅游景区，伟人山就在百里长峡里，听说已经成了一个很有名的景点。前不久的一个周末，闲得无聊，我便约了两个朋友，一起去看看老农，顺便，看看百里峡的风景。

公路是前几年修的，因为进山拉煤的重车太多，一条水泥路被碾得龇牙咧嘴，小车走在上面，像被咬痛了似的，忽高忽低蹦个不停。

颠了四个多小时，终于走进了百里峡。我们找了一处农家乐，停了车，吃了饭，开始沿着公路向里走，寻找伟人山上的老农。

刚上公路，我们遇见一位老人，一听我们此行的目的，他便自告奋勇，做了我们的免费导游。

老人八十多了，身子还很硬朗。他带着我们，一路走走停停，一路指指点点。

远远地，老人就说，你们看，伟人山。

我们看了一阵，都说，不像呀！

是吗？你们想一下某某某伟人的样子，再看，就像了。老人笑眯眯地说。

我们就想了想，再看，果然，像了。

顿了顿，老人又说，其实，你们没错，我和你们一样，现在看来，伟人山更像一座山。

末了，我们说，老大爷，你年纪大了，找守山的老农你就不用去了，我们自个儿去吧。

老人呵呵一笑，说，你们也不用去了，守山的老农，就是我呀！

你没守山了？我们吃了一惊。

早就没有了，我儿子开了个农家乐，我帮他照看生意呢！老人的话，说得很坦然。

临走的时候，我们再次回头，正如老人说的一样，伟人山的确不像伟人，它更像一座山了。

桃花扇

桃花回来了。

桃花回来的时候，桃花故里的桃花还是花蕾，那紧裹的身子，很像害羞的少女。本来，画院的活儿很多，桃花又是院里画桃花的高手，但是，桃花实在等不下去了，她觉得，自己就像一朵家乡的桃花，被抛到了一个叫北京的地方。那个地方，是风沙的天下，不适合她这朵桃花的开放，如果再不回来，她自己真的就要零落了，要被碾成泥了。辗成了泥，也就罢了，终究会在地上，怕就怕成了泥之后，还成了灰，飘在空中，不知飘向哪里。所以，桃花不顾一切地，逃之夭夭了。

桃花迫不及待地走进了她家的那一片桃林。

站在一棵桃树前，桃花抚上了一个花蕾。那个花蕾，刚刚露出了一点红。这点红，肉眼看不出来，桃花看出来了，因为，桃花还带了点想象。

不去了？母亲说。

桃花身后，站着她的母亲，还有她的父亲。他们帮桃花把几大包行李搬进屋，随后就径直来了桃林。他们知道，桃花就在桃花林里。

不去了。桃花转过身，一把挽上了母亲的胳膊。

回来和我们一起，开农家乐？父亲疑惑了。

桃花笑而不答。

丢下你的专业，你舍得？父亲有些不信。当初，桃花要读美院，当父亲的，拦了，没拦住。可是，毕业才一年，工作好好的，工资又高，现在说回来就回来了，父亲不信，正常。

放心吧，我回来，还是搞我的专业。

在这儿？

是啊，就画我的桃花。桃花的另一只手，挽上了父亲，说，走吧，回家，让你们看看我的宝贝。

桃花的宝贝，是一包画画的工具，两大包带着扇骨的成扇。

这个，就叫桃花扇？父亲摇了摇头。

别急嘛。桃花说着，取出几样工具，调好颜料，展开一把折扇，变戏法一样，三五几下，就画出了一枝鲜艳的桃花。

桃花，在折扇上盛开。折扇，在父亲和母亲的手上传递。看着父母脸上的笑容，也像一朵绽放的桃花，桃花得意扬扬地说，怎么样？不错吧！打今个起，你们呢，就经营农家乐，我呢，就卖我的桃花扇。

父亲啥也没说，轻摇桃花扇，缓步而出。

没过几天，桃花说开就开了，整个桃花故里，像是铺了一层红云。来来往往的车流、人流，全都笼罩在了这一层红云之中。

桃花家的桃林里，摆了两张条桌，一张桌上，是堆成山样的折扇、团扇；另一张桌，是桃花的工作台，上面摆着桃花变戏法的道具，当然，这是游客的说法。桃花扇的制作流程，做成了几个广告牌，外面的公路边有，她家的农家乐有，当然，两张桌子前面，也有。游客只要进了桃花林，觉得哪枝桃花开得最艳，最美，只需喊一声桃花，桃花就去看几眼，然后，回到工作台，在客人选好的扇面上，用不了一支烟的工夫，就把那枝桃花画了出来，然后就是落款、盖印，如果游客感兴趣，还可以题诗。有人拿着桃花扇和选中的桃花对照过，说桃花画得一模一样，不差分毫。于是，都说桃花的功夫很绝。由此一来，桃花的生意很好，就忙，忙得晕头转向。

这天早晨，一个小伙子走进了桃林。

小伙子走到桃花面前，没说话，只是笑。桃花也笑。桃花对每个游客，都笑。所以，桃花没有觉得小伙子特别。但是，小伙子笑着笑着，就伸出了手。桃花也笑着伸出了手，两只手就握了一下。

看吧，看中了哪一朵桃花，叫我一声。桃花说。

真的？我说了，你可别生气。小伙子收住了笑，一脸的认真。

哪会呢？桃花说。

那我说了。小伙子有一点犹豫。

说吧。桃花说。

就看中了你，画吧。小伙子说。

我只画桃花。桃花说。

你就是一朵桃花呀。小伙子说。

不画。桃花有些生气了。

说好不生气的，怎么生气了呢？小伙子听出了桃花话里的生硬。

要不，你说，哪朵桃花开得最好看，我画。小伙子说完，又补充说，我不收钱的，放心吧。

桃花心里有气，就想小伙子出丑。于是，桃花就走到了一株桃树面前，指着几朵带露的桃花，说，画这一枝吧。

小伙子细细地看了一阵，回到桃花的工作台前，熟练地调好颜料，拿过一把折扇，画了起来……画完，题上了“人面不知何处去，桃花依旧笑春风”的诗句，然后落了款，还从口袋里掏出了印章……桃花一看，那上面赫然盖的是“桃花山人”。在北京，桃花就听说过这个大名，还听说，这个“桃花山人”也是画桃花的高手，还是他的师兄。

你怎么到这儿来了？桃花说。

在北京，就想见你，只是没机会。后来，听说你回了老家，找朋友打听了一下，就来了，来给你打工。小伙子说。

我可请不起你。桃花心里，像水波一样，漾了一漾。

不要工钱，可以吧？小伙子又笑了。

那——桃花还是犹豫。

别再那了，就这样。小伙子不由分说，站到林子边上，开张罗——一声吆喝，一群男男女女就随之涌进了桃林。

桃花站在桌边，不知所措。

我的哥们儿姐们儿些，他们是专程从北京来，看花的，也看你。小伙子说。

桃花的脸上，悄悄地漫上了一层红云，极像桃花扇上的一朵，盛开的桃花。

说聊斋

在椏村，如果有人说到一件事，不管他说得多么绘声绘色，多么真实生动，只要不是椏村人亲眼所见，听的人就不相信，就会来上这么一句：你是不是说聊斋哟！首先申明，下面这件事可不是说聊斋，因为，它就发生在椏村。

椏村后靠大山，前临巴河。巴河下游，是一个小型电站。于是，巴河就成了一个湖。湖岸是一个斜坡，坡上，一条省道逶迤而去，通向山外的古灵县。

这天，是周末。椏村上空，突然飘出一股子油味。

是柴油味！椏村人耸几下鼻子，立马就分辨出来了。其实，也不是他们的鼻子特别灵，是村里拖拉机多。

于是，不知是谁吆喝了一声，村里人都带上家伙，一路飞跑，往湖边去了。

一个湖，像一锅煮沸的水，一个个碗口大的气泡不停地从湖里冒出来，然后，一层棕褐色的油，就浮在湖面上，四下扩散。

天哪，我们这个湖，变油田了！湖岸上的人们，放下担子，提一只桶，拿上瓢，手舞足蹈地下了坡，开始在湖边抢占有利地形。

刘科人小，被大人们推搡着，挤到了最后边。

刘科干脆不往前挤了，他知道再怎么用劲，也不是对手。他贴在大人们的身后，瞅一个隙缝，像泥鳅一样，一侧身，就滑到前面去了。后面的王老石笑骂着，轻轻推了他一下，差点把他推进了湖里。

不到一支烟的工夫，男男女女，老老少少，都蹲在了湖边，排成了一条长龙。大家像是经过排练了似的，动作完全一样：右手持瓢，左手扶桶，身子前倾，把瓢轻轻伸向湖面，轻轻按下去，将面上的一层油舀进瓢里，再直身，把油倒进桶里……

刘科和王老石挨在一起。

王老石动作熟练，看着刘科笨拙的样子，说，你爸呢，咋不来？就你这样儿，怕挣不了几个钱的哟。

刘科不理他。刘科还在为王老石推他的事生气。刚才，那一推，着实把他吓得不轻。

王老石笑了笑，明白了刘科的心思，说，还生气呀，放心吧，掉不下去的，我心里有数。

过了一会儿，王老石又说，你读初中了，懂得比我多，你说说，如果我舀上十桶，能卖多少钱？

刘科知道伊拉克战争，知道利比亚战争，还知道这些战争都与石油有关，所以，刘科就说，现在一桶石油好几十美元呢，如果是人民币，应该有几百吧，柴油嘛，十桶，少说也要值几千吧。

真的呀？王老石眼睛里放出光来，他手上的动作明显加快了。

王老石的桶，是木桶，很大，一桶有五六十斤。他舀满一桶，和其他人一样，就提上坡，然后提着另一只桶，下坡，再舀。等舀满了，再提上去。两只桶满了，就挑回家，倒进缸里，盆里。再挑着空桶，到湖边，再舀。

整整一天，椏村人往返于家与湖之间，忙得心里像开了花，美妙得无与伦比。

夜幕，把山山岭岭全笼住了，也笼住了椏村。

刘科和细妹守在家门前，等着爸爸回家。

远处，突突突的声音响了起来，由远而近，越来越大，这是拖拉机的声音。从方向上判断，应该是爸爸回来了。前不久，刘科家借钱，买了一台拖拉机，爸爸每天开到镇上的建筑工地上去，拉些活儿，挣些钱，供刘科和细妹读书。刘科的妈妈，已经病逝一年多了。

刘科和细妹身边，是五个盆，四只水桶，一只大黄桶，装满了从湖里舀回来的柴油。从屋里透出来的灯光，照在盆里，桶里，油油地亮。

真的是爸爸回来了。刘科站起来，迎了上去。

爸爸停好拖拉机，走到门前，惊得停下了脚步。

刘科指着那些盆哪，桶哪，自豪地说，这些柴油，够用好几个月了。

哪儿来的？爸爸问。

刘科就说了湖里冒柴油的事，还说，如果爸爸你今天在家，可能比他们抢得还多呢。

湖里舀起来的，那是水，能用吗？爸爸摇头。

能用啊，王小武他们家试过了。

能用当然好，那可是几千块呢。

这时，站在刘科旁边的细妹突然说话了，她说，爸爸，湖里真的能冒柴油吗？他们都这样说，我不信。

管它的，只要能省钱，能赚钱，就行。

不嘛，爸爸，你说说，湖里的油到底是从哪儿来的嘛。细妹拽着爸爸的衣服，不依不饶。

爸爸抠了抠后脑勺，自言自语，是啊，到底是从哪儿来的呢？

抠了半天，没有答案。没有答案，细妹就要了爸爸的手机，一边玩去了。

这天，桠村的夜晚，与往常不同，多了热闹。

第二天，刘科才知道，原来村里有拖拉机的人家，都把其他人家的柴油买光了。王老石卖的钱最多，一千块。

临近中午，桠村来了一群人，有的还穿着制服。他们来村里，是了解湖里冒柴油的事，还说，这涉及到一桩重大的交通事故。

村里人一听这话，知道发生大事了，就像统一了口径似的，都说，没这事，没这事，湖里哪能冒柴油呢？

一个穿制服的拿出一个微型录音机，一按，一个声音就响起来了：叔叔，我们湖里冒柴油了，湖里怎么会冒柴油呢？我不信……

那是细妹的声音。

细妹读三年级，昨晚，她想知道答案，就用爸爸的手机拨了110。

还有两件事，值得一提。

一是，事隔三天，很多的人，很多的吊车，就从河里打捞出了一辆车，一辆油罐车，司机早已身亡。

二是，事隔三个月，村里所有的拖拉机，全都报废了。刘科爸黑着脸，把那些盆哪，桶哪，踢得满屋子打滚，刘科站在一边，不敢吭声。

和一只羊在海边漫步

一只，两只，三只……张美石坐在一块石头上，指着一群羊，总也数不对。羊呢，这儿啃一口，那儿啃一口，跑来跑去的，一团白，又一团白，晃花了他的眼睛。一只，两只，三只……张美石开始数第四遍了。

怎么只有八只呢？张美石惊慌地站起来。突然，他像明白了什么似的，又坐了下去。

张美石掏出了一张纸，慢慢展开，仔细地看。看着看着，他就笑了，笑得很开心，连眼角的皱纹都笑出来了，弯弯的，跟着他笑。

昨天，村里来了人，是镇上的。村长就向张美石买了一只羊，还打了欠条，说过几天给钱。村长走了几步，又回过头来，说，你还有多少只羊？张美石说，还有八只呢。村长又说，你的羊，都留着，我们村上全要了。到时，一起结账。羊卖完了，你就可以去找你的小青看海了。张美石有些不好意思，只是嘿嘿地笑。

村里人都知道，张美石有一个梦。

小时候，张美石家突然来了一对父女，男人五十上下，女儿和张美石差不多，也许小点，因为她管张美石叫哥。当时，张美石有了玩伴儿，其他的什么也不管了。再说，他那么小，除了玩儿，还能管什么呢？张美石大了些，才知道，男人是他奶奶的远房亲戚，来他家，是避什么难的。这一避就是四五年。后来，落实政策，男人就带着小青回到一个很远很远的城市去了。

张美石记得，男人带走小青那天，飘着若有若无的雨雾，空气里弥漫着一种湿润的气息。

石头哥，喜欢大海吗？

当然。

你一定要来找我呀，我等你，我们一起去看海。

我一定来，你不是喜欢羊吗？到时候，我带一只羊来，送给你。

这些话，重复过很多遍了。临走时，小青塞给张美石一张纸条，顺势拉着他的手，不愿松开。男人牵着小青的另一只手，说，走吧，以后，石头哥会来的。

真的吗？石头哥。小青终于哭出了声。

真的，我一定会来的。张美石甩开小青的手，掩着面，跑进了屋里。

男人和小青就这样走了，没有再回来，连一点音信也没有，好像从来也没有出现过一样。

张美石呢，就一个劲儿地攒钱。攒钱的同时，他也想写信，但他只读过两年小学，识不了几个字，只好作罢。没过多久，他爸妈吵架，吵得很凶，他妈一气之下，跳了堰塘。他爸为了把人救起来，也跟着跳了下去。最终，两个人都没能再上来。

张美石成了孤儿。

张美石吃着百家饭，守着两间土墙房，长大了。长大了的张美石，农活做不来，又不会什么手艺，成天就那么东拼西凑地过日子。直到去年，镇里扶贫，送了他两只羊，一只公羊，一只母羊。现在，这两只羊，已经变成一群羊了。

有了羊，就有了钱。听了村长的话，张美石的梦想一下子茂盛了起来，把他的整个心，都染绿了。

接着，张美石卖了第二只羊，第三只羊……不到两个月，他的羊就仅剩一只了，那一只最小，是他留给小青的。其余的羊，全卖给了村长。每卖一次，村长就打一张欠条给他，说，放心吧，到时候，一起结。

村长说话算数。

张美石第一次去收钱的时候，村长说，今天没准备，明天来吧。于是，第二天，张美石又去了村委会。村长二话没说，叫会计接了欠条，把钱一起付给了他。八只羊，一共2500元，张美石从没见过这么多钱，他拿钱的手，不停地颤抖着。出门时，被门槛勾了一下，差点栽了一个跟头。

几天后，张美石牵着一只羊，出发了。

没走多远，张美石突然停下了脚步，不断地敲着自己的头，说，我真糊涂，怎么连这个都忘了呢？

张美石回家，从一个破箱子里，拿出了一个小木盒，打开后，看到的，竟然是一堆碎纸屑。纸屑里，夹杂着一些干硬的老鼠屎。再看，木盒旁边，有一个洞。

纸上，是当年小青写给他的地址。

晚上，张美石做了一个梦，他梦见自己找到小青了。他和小青手牵着手，在海边漫步。他们前面，是一只羊，羊走得很慢。可是，不经意间，他眨了一次眼，身边的小青就不见了。再眨一次眼，前面的羊又不见了……于是，张美石就不停地寻找，不停地喊小青……梦里，张美石把自己喊醒了。脸上，湿漉漉的，一摸，手上也跟着湿漉漉的。

做梦真好

林老头的生活很有规律，几十年如一日。

早上，天麻麻亮，林老头就起床，胡乱洗把脸，吃点什么哄一下肚子，然后扛上农具，走进田地。中午，有时不是中午，已经是下午了，他觉得饿了，就回家，又吃点什么哄一下肚子，接着做上午没做完的活儿。傍晚，天黑透了，他把农具扛回家，再吃点什么哄一下肚子，有时连肚子也不哄，一头倒在床上，眼睛一闭就睡着了，睡得像死猪一样。

林老头就一个人，没多少田地，村里人始终不明白，他咋就总也做不完呢？

这天中午，林老头回家，经过林三哥的院子，被林三哥叫住了。院子里，几个人在吹牛，你一句我一句的，很热闹。

成天做啥子吗，累不累哟？来，坐一会儿。林三哥把身边的板凳拍得噼里啪啦响。

我还没吃饭呢。林老头很少和村里人打堆儿，即使坐在了一起，他也从不说话，只是听。

吃啥子饭哦，吃了几十年，不在乎这一顿。林三哥站起来，走到林老头身后，把他推到了凳子上。

几个人接着吹牛。

说着说着，就扯到了做梦上。

一个人说，我昨晚做了一个梦，真他妈的怪。于是，这个人就说了他的梦。

另一个人说，你这个梦，算啥子怪哟，我还做过更怪的。于是，这个人也说了一个更怪的梦。

咋个会做这样的梦呢？几个人七嘴八舌，议论了一番。

林三哥总结说，日有所思，夜有所梦，你几爷子不晓得一天想的啥子，做这些梦。告诉你们，我还梦见过人和猪结婚呢！

转过头，林三哥对林老头说，你梦见过吗？

林老头没读过书，不识字，从不看书看报。他想了半天，才结结巴巴地说，梦咋个做呢？

几个人一听，叽叽嘎嘎地笑了起来，笑得很夸张。

你们不要笑，我真的不晓得咋个做梦。林老头有点无地自容，像是自言自语。

没关系，今天晚上做一个，你就知道了。林三哥说。

说不定，你还在梦里娶了个老婆呢。林三哥又说。

不，不，不，那是害人。林老头连忙摆手。

在林老头心里，他娶老婆，就是害别人。前些年，村里一个好心人给他做过媒，是一个寡妇，但是，他死活不答应。媒人不管，自作主张把人领到了他家里。寡妇一来，该看的看了，该问的问了。最后得出的结论是：条件不怎么样，人不错，老实、顾家，又不抽烟不喝酒不打牌。于是，寡妇答应了，可他呢，说自己房子差，又没钱，跟了他受苦，是害了她。归根到底一句话，还要考虑考虑。寡妇来气了，心下说，我还没嫌你呢，你倒翘尾巴了，那你慢慢考虑吧。

几天后，寡妇就嫁人了。村里有人替林老头惋惜，林老头想得开，一笑了之。

林老头不想害人，听了林三哥的话，他的心里就有些忐忑。

晚上，林老头躺在床上，左右为难，这梦是做呢，还是不做呢？想了半天，他决定还是做个梦，看看梦到底是个啥样子。同时，他又不停地告诫自己，做梦可以，但千万别娶老婆呀。刚想到这儿，他的眼睛一闭，就睡着了，睡得像死猪一样。

第二天，林老头醒来，第一件事就是想自己晚上做的梦。可是，他想了半天，什么也没想起来。后来，他才知道，自己根本就没有做梦。林老头有些懊恼，又有些庆幸。

以后的日子，林老头很想做个梦，但一直没有成功。

林老头还是那个林老头，日出而作，日落而息。

有一天，村里突然来了很多人，很多大型机械，往日沉寂的村子，一下子活泛起来了。一打听，原来是天府新区建设规划开始实施了。以前，村里人都听说，全村划入了规划区域，可左等右等，没见响动，心就冷了。不想，这个时候，却动了起来。

修路、修小区、搞拆迁……一派忙碌，一派繁荣。

林老头两间破破烂烂的瓦房，再加上这费那费（他庄稼种得好，树栽得多），算下来有20多万，除去小区一套50平方米的住房，最后剩了好几万。

林老头住进新房了，那天晚上，他终于做梦了。

梦里，他见到了曾经相过亲的那个寡妇，还牵了手。牵手的时候，他的身子，不由自主地莫明其妙地颤抖了起来。

林老头醒的时候，天还没亮。

睡不着，林老头就出门，在小区里漫无目的地溜达。

林三哥夜战麻将回到小区，遇到了林老头，说，有几个钱，睡不着了嗦，走，我教你输钱去。

林老头摇着头，说，我做梦了。

做梦有啥子了不起。林三哥哼了一声，大踏步地走了。

做梦真好！林老头说。

林三哥走远了，这话，他没听到。

那年那月之一：吃肉

王老幺是生产队养猪的。

这天晚上，王老幺坐在一团阴影里，手里握着一把菜刀。他的头上，是一棵树，一棵枝叶茂盛的树。树上，是一轮明月，明月很丰满，很皎洁的光，从很丰满的明月里流下来，洒在树上，再漏下去，洒在王老幺的身上，他的整个人就显得有些模糊了，只剩下一个轮廓了。

王老幺的左手伸进旁边一只碗里，五根手指弯曲，做成瓢状，舀了一些水，抹在了面前的一块青石上。如此反复，三次之后，青石就湿了。然后，他又给菜刀浇了浇水，便开始磨起刀来。

嚯——嚯嚯——嚯嚯嚯——菜刀吃吃地啃着青石，声音开始一点一点地嘹亮起来，兴奋起来。

一个月前，儿子说，我要吃肉。儿子第一次说这话的时候，王老幺看着儿子的眼神，看着儿子瘦骨嶙峋的身子，眼睛就发酸，不知说什么好。后来，儿子说的次数多了，就安慰儿子，说等等吧，等圈里的猪喂肥了，杀了，就有肉吃了。王老幺知道，他的话说了也白说。不错，他家是有一头猪，但那是属于生产队的，肥了，得交任务，如果敢私自杀了吃肉，那他王老幺是不想活了。这些，儿子不懂，于是天天盼着，天天跑到猪圈边，看着一头猪慢慢长，慢慢长……这个过程，儿子是看不到的，但在他的眼里，猪确实在长，而且长得很快。可是，在王老幺眼里，他家的猪根本就没怎么长，还算不上一头架子猪呢。

前几天，儿子生病了。躺在床上，儿子还在一个劲儿地念叨，要吃猪肉。王老幺握着儿子的小手，把脸转向一边，咬着牙，不停地吞着唾沫。其实，他的嘴里，很干，除了舌头、牙齿，什么也没有，但他还是那么使劲儿地吞咽着，很用力，那表情很痛苦，好像被什么东西梗住了一样。

当天晚上，王老幺就把家里的菜刀带出来了。菜刀久了没沾油腥，生锈了。

一连几个晚上，一把菜刀，被王老幺磨得锋快，那块青石，窄窄的，平平的，已经磨成一个弧形了。

生产队养着五头猪，很肥了，队长说再有两个月就可以出栏了。怎么才能让儿子吃上肉呢？王老幺看着几头猪，想来想去，也想不出一个万全之策。如果说自作主张杀一头猪的话，他不敢。如果说把一头猪喂死的话，办法很多，他也不敢。队长让他养猪，早就有言在先，说猪不能少，少了一头，他要赔；喂死一头，他也要赔。队长说到做到，前面的刘大就是例子，王老幺不是傻子，大家吃肉，他一个人赔钱的事儿，他不会干。昨天，就是昨天，王老幺敢肯定，他在昨天突然灵光一闪，有了那么一个主意，但还是不敢下手。

不知磨了多久，树上的月亮已经不见了，被一团乌云裹住了。起风了，树叶沙沙地响，响得有些瘆人。

王老幺停了手，不再磨了。他的双手，太过用力，手腕开始隐隐作痛。

王老幺又想起了儿子。

王老幺站起来，提着菜刀摸进了猪圈。

突然，静静的夜里，一声惨叫传出了猪圈。黑暗里，王老幺的身子颤抖了几下。王老幺站在猪圈边，一动不动，像一截漆黑的桩。不知过了多久，猪圈里安静下来了，尽管还响着断断续续的哼哼唧唧的声音，但这声音，已经微不足道了。

……

两个月后，五头肥猪出栏了。那天，十来个人带着家伙，拥进了猪圈。

一个眼尖的人，像发现新大陆一样，惊奇地说，咦，你们看，这头猪怎么少了一只耳朵？

大家一看，都说，是啊，咋个会这样呢？

接着，大家的目光，又转到了另一头猪，又说，咦，这头猪咋个少了半截尾巴呢?

再看，五头猪都是这样，要么一只耳朵不见了，要么半截尾巴不见了。

队长也觉得奇怪，就问王老幺。

王老幺站在队长面前，像小孩一样，“哇”的一声哭了。边哭边说，队长，有天晚上，我听见几头猪闹麻了，走到猪圈边，用电筒一照，看到一只老鼠，好大好大，正在啃猪的耳朵。我翻进圈，撵它，它还不走，那架势，好像还要啃我的耳朵呢。说到这儿，王老幺的鼻涕流得长长的，他没擦，他的双手正比量着老鼠的长度。也许是紧张过度，他的双臂左右扩展开去，有一米多长了。

有这么大的老鼠吗？队长不信。

队长转身问其他人。其他人也不信，但一个人还是替王老幺解了围，他说，世间的事情，谁说得清楚呢？也许有吧。再说，一头猪缺了这么一点点，也不是什么大事，还是卖猪要紧。

王老幺如释重负。

后来，田地下户了，村里人才从王老幺儿子的嘴里知道了真相。当时的队长已经七十多了。

有一次，队长对王老幺说，王老幺，你还会编呢，你咋不把你的耳朵和尾巴给你儿子吃呢?

王老幺说，我的耳朵太小了，吃不了几口。尾巴嘛，我没有，如果有，早给儿子吃了。

听完，队长就长长地叹一声。跟着这一声，王老幺的心里，就涌出一阵一阵的酸楚。

那年那月之二：赶猪

刘三会赶猪，人们叫他猪头。你别误会，这话不是骂他，是夸他，意思是，猪的头儿。要不，那些猪咋个就那么听他的话呢？

先前，刘三可不是赶猪的。他和其他普通群众一样，听从队长的安排，出工，收工，出工……如此反复，挣点工分过日子。专事赶猪，出于一次偶然的事件。

那天，生猪收购点收购了二十多头猪，三个人分别拿一根竹鞭，吆喝着，把猪赶得团团转。当时，没有公路，没有汽车，收购点的猪要弄到公社去，全靠人工赶。三个赶猪人，长得很精壮，有一大把力气，但就是把猪赶不上路。好不容易赶上路了，猪又不听话，有的走得太快，有的走得太慢，还有的看到路边的青草、庄稼之类的又打野食，三个人这儿一鞭子，那儿一鞭子，穿梭在猪群之中，忙得满头大汗。其中一个中年男人，为了拦住一头猪，竟然双腿叉开，结果让那头猪拱飞在地，脑袋磕在一块石头上，鲜血直流。

刘三看得哈哈大笑。

这是个中午，刘三扛着锄头，收工回家，路过。刘三的笑声很刺耳，对那三个人来说，还有一种嘲笑的味道。刚好，中午的太阳又很烈，所以，那些笑声还带着一股子热浪。三个人一听，火气就上来了。他们一齐看着刘三，恨不得把刘三也当成一头猪，抽他几鞭子。

中年男人捂着头，坐在地上，恶声恶气地说，你娃是不是想讨打？

以一敌三，刘三不敢再笑了。刘三想一走了之，他刚转过身，背后就传来了中年男人的吼声，回来！

不由自主地，刘三走到了中年男人面前。

你的笑声，惊散了我的猪，马上给我赶回来，不然，休想走。中年男人说。

刘三又笑了，不同的是，声音没有先前的响亮。中年男人更气了，他站起来，招招手，就把另外两人招到了面前。三个人，把刘三围在了中间。

我以为啥事呢，赶猪嘛，小菜一碟。刘三说得轻描淡写。

说完，刘三用一根手指撮了嘴，然后弯下腰，一吸气，嘴里就发出了一种奇怪的声音。说来也怪，那些四下跑散的猪，一听到这种声音，就抬头，然后慢慢走到了刘三的身边。这一幕，直把三人看得目瞪口呆。

这一下，刘三想走也走不掉了。

无奈之下，刘三说，帮你们可以，但你们得听我的指挥。

三个人的头，点得像鸡啄米。

刘三说，你，赶一头猪走前面；你们两个，走侧边；我，走最后。刘三指指点点分配完任务，又说，等我一下。然后，刘三撒开两腿，跑向了不远处的一户人家，回来的时候，手里拎着一个水瓢。

一行四人，上路了。

到公社，还有十多里，因为天太热，没走多远，有的猪就掉队了。对那些掉队的猪，刘三就从路边沟里舀一瓢水，劈头泼向一头猪，再舀一瓢，泼向另一头猪……猪一受惊，就往前一蹿，如此几次，就赶上前面的猪了。还有的猪走着走着就开始野了，就出队列了，刘三呢，就用那种奇怪的声音，把猪唤回来，不费吹灰之力。

傍晚的时候，刘三从公社回来了，他提着一小砣肉，一瓶酒，哼着小曲。

后来，公社的收购点只要一赶猪，就叫刘三去。刘三也乐意去。完成任务了，有酒有肉，比挣工分强多了。再后来，他赶猪的传奇故事，就在整个公社传开了。从这时候起，他的名号——猪头也随之叫响了。

突然有一天，也正是刘三的赶猪事业如日中天的时候，别人来叫他去赶猪，他却一口回绝，不再去了。

去吧，你这特长不用，太可惜了。来人说。

不去。刘三说得很坚决。

来人继续劝，咋不去呢？有肉吃有酒喝，亏不了你的。

刘三不说话，直翻白眼。

你要咋个才去嘛。来人没辙了。

刘三半天不说话，酸够了，才慢吞吞地说，真要我说？

说噻。来人听出了希望。

给我工资，像你们一样。刘三开出了条件。

这个，我作不了主。不过，我可以反映。来人说完，就回公社去了。

没过多久，刘三就成了食品站的临时工，他的工作，就是赶猪。

刘三赶猪，一赶就是十多年。每一年，甚至每一天，他都是有酒有肉，日子过得很滋润。可是，每一年，他为了赶猪，没挣到工分，都欠着生产队一笔不小的口粮款。

十多年后，从公社到大队，修了一条机耕道，刘三就失业了。

刘三回到了生产队，队里的人好像忘了他的大名，把刘三不叫刘三了，叫猪头。

刘三听了，有些不舒服，后来才明白别人是骂他，但刘三不恼，照样答应。

刘三的理解是，你们赶猪都不会，比我猪头还不如。猪头就猪头，总比你们肩膀上的人头好。这样一来，刘三每答应一次，都是高昂着头，声音亮亮的。

于是，叫他的人更来劲了，不停地叫——猪头、猪头、猪头……

刘三呢，就不停地答应——哎哎哎……

叫他猪头的人，累了，不叫了。

刘三不累，刘三得意扬扬地说，叫啊，咋个不叫呢？说完，刘三就对着身边的人，用一根手指撮了嘴，然后弯下腰，一吸气，嘴里就发出了一种奇怪的声音，像他赶猪一样。

那年那月之三：抬肚皮

生猪收购点收购猪的时候，抬肚皮是第一步。在普通话里，“抬”是两人或多人完成的动作，而抬肚皮，一人即可，所以，也许是为了区别的缘故，在川西坝子，人们说到这个词，就走了调，把“抬”说成了“胎”。

林大炮有一手绝活儿，就是抬肚皮。

这天早晨，林大炮像往天一样，等外面闹哄哄的吵麻了，才懒洋洋起床，胡乱洗了把脸，把门打开，站在门口，对着外面打了一个长长的呵欠。

林大炮露面了，外面的十多个人，全都噤了声，朝他笑。那笑里，有一种讨好的味道。同时，他们生怕自己的猪搞出什么动静来，就把手里握着的一把猪草，伸向了自己的猪。猪们，一看主人手里的鞭子，也很识相，一路的经历，让它们知道了主人的厉害。

这样的场景，百看不厌。林大炮感觉很好，很满意，就剪了双手，清了清嗓子，吼道，该吃的吃，该拉的拉，该干啥干啥！他的声音很大，隔几匹梁都听得见。

谁都明白，林大炮的意思是，不管你的猪吃多少，拉多少，我不相信眼睛，我只相信手，只要我的手一抬，我说了算。

林大炮慢悠悠地走到了第一头猪面前。

卖猪的，是一个老大爷。

林大炮蹲下去，左膝跪在地上，左手伸出去，一直伸到了猪的肚皮下。猪的肚子，圆鼓鼓的，像一个大气球。林大炮停止了下一步动作，他转过头，对着老大爷不停地笑。他每笑一下，老大爷的心就紧一下。

最后，老大爷的脸都涨红了，青筋暴绽的，林大炮呢，还在笑。

喂了不少吧？林大炮终于不再笑了。

不多呀，才两桶。老大爷结结巴巴地说。

林大炮回过头，右手撑地，胳膊肘儿一点一点向上，向上，挨着肚皮了。那一刹那间，只见他使劲向上一抬，再顺势抖了几抖。然后，胳膊往后一缩，右手一点地，身子一飞，整个人就站了起来。那头猪，也跟着他跳了两跳，哼哼唧唧地叫。

32斤。杯大炮大吼一声。

过称的人，是个小伙子，他记下数字，称了猪，扣了32斤。老大爷一言不发，在小伙子的指点下，把猪赶进了收购点的猪圈里。

断断续续地，林大炮又报出了第二、第三……第十头猪的折扣数，猪的主人们都和老大爷一样，都是一言不发。他们都想，折扣的东西，装在猪肚子里，谁都看不见，凭啥你林大炮一抬，随便报个数字，就下定论了？但想法也仅是想法而已，谁又能咋样呢？

20斤。这是最后一头猪了，林大炮吸一口气，吼出了这个数字。

什么？20斤？猪的主人是一个瘦男人，他的双脚像踩了烙铁一样，直跳。

不服？林大炮不屑地说，你知道吗？我抬过的猪上万，你是第一个。

你看，我早上本来就没喂多少，现在要到中午了，这些屎尿，都是我的猪拉的，猪肚子都空了还20斤？男人比划着，还是不服。

不服不行，20斤。林大炮不理这个茬，对着过秤的小伙子喊。林大炮喊完，转身想走。男人毛了，跑进收购点的屋里，拖出一把菜刀，上前抓住了林大炮的衣领。

在场的人一看，要出事了，就拉的拉，劝的劝，可林大炮油盐不进，坚决不让步。

要不，你们打个赌。有人提议。

咋个赌法？旁边有人问。

好，你们的尾巴一翘，我就晓得是拉干的还是稀的，我今天满足你们一回，赌就赌。林大炮不等提议的人说话，抢先对男人说，我们就当场把猪杀了，把里面的东西掏出来，过称，看有没有20斤，如果有，你这猪就白送给我们。

那……你呢？你输……了咋办？男人有点结巴了。

我输，不可能。林大炮仰头看天。

你输了咋办？男人追着问。

这只手送给你。林大炮把左手晃到了男人面前。

好，一言为定。男人松开了林大炮的衣领。

杀猪匠来了，开始烧水、杀猪、去毛、剖肚……猪肠里的东西都集中到了一个事先称过的木桶里。一称，毛重29.3斤，净重20.1斤。

男人输了。

男人铁青着脸，转身就走。走着走着，就像喝醉酒一样，步子开始摇晃起来了。突然，男人“叭”的一声，摔在了地上。男人两手着地，又艰难地站了起来，慢慢向前走去。

当天下午，林大炮听说，男人想不开，跳塘了。

第二天，林大炮问了男人的地址，把一头肥猪赶进了男人家里。

从此，林大炮丢下绝活儿，到食品站当屠夫去了。

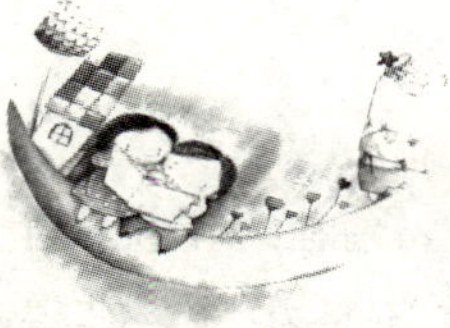

那年那月之四：卖肉

公社那阵，食品站有个职工，是单身汉，专门卖猪肉的，叫王书红。

当时，食品站是几间低矮的瓦房，王书红住第三间。在他的门外，立着两根一人高的木桩，桩上固定着一根横木，横木上钉着一排铁钩。铁钩是用来挂肉的，那些挂上去的肉，白里透红，闪着油光，很勾人的眼睛。

这天，天没亮，菊花就起了床。菊花起床后，迅速洗了脸，梳了头，换了衣服，风一样朝公社去了。菊花走得很快，她怕自己像前几次一样，想得太多，改变主意了。

菊花没别的事，就是找王书红。

王书红是她舅舅生产队的，又是邻居，所以认识好多年了。那个时候，王书红对菊花有点意思，菊花也看出来了，但王书红长得不咋样，还瘦，像一根藤藤儿，更重要的是，王书红的眼睛很小，看人的时候又想使劲睁大，结果把一张脸都扯变了形，这么一个人，菊花怎么会答应呢？后来，王书红接了他父亲的班，就到食品站卖肉来了。

前几天，菊花已经找过一次王书红。当时，王书红站在挂肉的横木下，午后没什么人，阳光照在他的身上，他的脸，他的手，他手里的刀，都闪着一层油油的亮光。看见菊花，王书红就侧了身，同时手里的刀也举到了横木上，不停地磨了起来。横木上，已经被他磨出了一道油油的五指宽的槽子了。

要瘦的，还是肥的？王书红说。说完，他的目光已经从菊花的脸上移到了菊花的胸脯上。

菊花没说话。

咋的了？没肉票？王书红笑了。

菊花点头。

也没钱？王书红笑意更浓了。

菊花还是点头。

想赊？王书红看穿了菊花的心思。

是的，两个孩子已经一个多月没沾油星星了。菊花终于说话了。

可以，那——要瘦的，还是肥的呢？王书红还是在笑，笑得有些不怀好意。

当然要肥的。也许是太激动了，菊花涨红了脸。

王书红收回刀，在两块猪肉上拍打了两下，说，你选吧。菊花一看，那都是两块坐墩肉，连油边边都没有，就说，还有肥的吗？

有啊。王书红弯下腰，从横木下一个竹筐里拖出一块肥肉，在菊花眼前晃了晃，又放了回去，还盖上了一张旧报纸。那一片白花花的光，让菊花一阵晕眩。等她清醒过来，那一片光又消失了，菊花就到处看，当然，除了挂着的那两块瘦肉，她什么也没看到。

想要吗？王书红不等菊花回答，又说，我知道你想要，可我也想要，你如果答应了我，我还可以不要你的钱。

我——菊花不知说什么好。

菊花低着头，不敢看王书红，她明白王书红的意思。见菊花没有明确反对，王书红就丢下刀，走到菊花面前，一把拉住了她的手。

菊花突然惊叫了一声，把王书红的手甩开，一转身，跑回家去了。

现在，尽管天还没亮开，菊花已经能看到王书红的肉摊了。离王书红越近，菊花反而走得慢了，最后她在离王书红一丈开外，站住了。

是菊花吧，我就知道你会来的。王书红径直走过来，张开的右手，准确无误地擒住了菊花的手腕。不长的一段路上，菊花挣了几次，看挣不脱，就半推半就被拉进了屋。

没过多久，菊花就跟着王书红出来了。出门的时候，王书红一眼就看到，挂在铁钩上的几块瘦肉，都在，心便放下了一半。走到横木下，掀开上面的旧报纸，再看，他和往天一样藏在里面的两块肥肉，全不见了。突然，他又像想起什么似的，一拍脑壳，立马又笑了。

妈的，老子动作那么快，还是遭偷了。王书红跺着脚说。

菊花没明白是咋回事儿，就问，咋的了？

咋的？给你留的肥肉全没了。王书红说。

那咋办？菊花一下子就哭了。

这些肉是昨天卖剩的，肥肉嘛，只有下次了。王书红无可奈何地说。说完，王书红从筐里提起刀，在一块瘦肉上一划拉，拉出一条肉，塞进菊花手里，说，快走吧，这是丢饭碗的事，别让人看见。

等菊花走远了，王书红连蹦带跳，进屋，提出两块肥肉，放进了竹筐里，然后，又用报纸盖住了。

原来，菊花来得太早，王书红还没来得及把肥肉拿出来呢。

那年那月之五：书殇

那一年，小毛十二岁，我十岁，我们在同一个小学，读三年级。

一个早晨，我挎着书包，准备去上学，还没出门，就看到大毛一头闯了进来。当时，书包只比布口袋多了两根带子，如果书少了，挎在肩上，蔫不拉叽的，鼓不起来。大毛是小毛他爸。他进门后，二话不说，就一把将我的书包从肩上扯下来，不见他怎么动作，一只书包连同里面的两本书就捏进了他的大手里。

全生产队的人，都知道我很爱惜书，一学期读完，书还像新的一样，一点皱褶都没有。那天，我的书捏在大毛手里，我就知道我的书完了，肯定皱得不成样子了，我一急，就哭了。看见我哭，大毛却笑了。

小毛昨晚没回家，说，哪儿去了？如果撒谎，我把你的书捏成麻花。大毛笑着说。他的大手松开了，另一只手却跟着搭了上去。

不知道。我说。我没有撒谎，也不敢撒谎。最近，小毛总是神出鬼没的，一天就上那么两三节课，其余的时间找死都找不着人。有时，放学回来，去找他玩，也找不着，再怎么着，晚上要回家呀，真是胆子越来越大了。狗日的小毛，你不回家不要紧，把我的书连累成那样。想到这儿，我哭得更厉害了。

我说不知道，就是不知道，我的话，大毛当然信。于是，大毛把书包给我挎回了肩上，一转身，走了。

我擦了一把泪水，止住了哭声，取出书一看，两本书全皱了，破了。我把它们摆在桌上，理了这边理那边，理了上边理下边，可是，再怎么理，四个角好像跟我作对似的，只要一松手，跟着又翘起来了。

没办法，我只得把书小心地装进了书包，然后贴在肚子上，用双手按着，一路走到了学校。

我刚坐在座位上，小毛就进了教室。

看见小毛，我的眼睛就冒火了。我想，我的眼睛肯定是冒火了，不然，小毛已经走到我身边了，咋个又退了两步，顿了几顿，又才小心翼翼地靠上来呢？

怎么了？我爸又找你麻烦了？小毛轻声问。

这还用问！

这已经是大毛第三次找我麻烦了。前两次是因为大毛路过学校，想看看小毛，结果找不着人。每次都这样，找不着人，就问我，我又不是小毛肚子里的蛔虫，你问我我问谁呢？事情过后，见到小毛，我就问他，上哪儿去了，怎么向他爸交代的，结果他总是支支吾吾，一副神神秘秘的样子，看了就让人心烦。心烦了，就不想再问了，自个儿走开，不再理他。不理他不行，他追上来，总是说，放心吧，没事了。他当然没事，可是我有事呀。比如这次，我的事大了去了。

我从书包里掏出书，“啪”的一声甩在桌上，说，你自己看，这就是你干的好事。

我？小毛疑惑了。

突然，小毛又明白了，笑嘻嘻地说，不是我，是我爸。

反正，你爸干的就是你干的，不管是哪个，你自己看着办。

我的书，破了，你不会要，那就——赔你一角钱，行了吧？小毛出手不凡，像个大款似的。一角钱可不是小数目，赶场的时候，可以吃一碗臊子面，还剩的三分钱，可以喝凉水，分三次喝，一分钱一次，可以喝个肚儿圆。当然，凉水哪儿都有，赶场天喝的凉水，里面放了糖精，甜得死人，更重要的，喝着街上的凉水，摸着胀鼓鼓的肚子，气派。

我正想着美事，小毛以为我不答应，就主动说，再加五分，行不？听小毛这一说，我又开始算五分钱的花销了。还没算个明白，小毛的身子就挨上来，轻轻撞了我一下，再次问，行不？价都出到这分上了，还有什么不行的呢？当然行，但我没说，我怕他变卦，装着很委屈的样子，点了头。

虽然点了头，但我还是不甘心，我想弄清事情的真相，逮住小毛的把柄，让大毛治治他。不然，大毛以后还要找我的麻烦，我的书可不能再遭殃了。

第二天上午，小毛像往常一样，上完第二节，就一个人悄悄溜出了校园。我连忙抱着肚子，找到老师，说肚子痛，请假回家。不等老师同意，我就朝着小毛的背影追了上去。追了几米远，我就慢了下来。我不能让小毛发现了我，只要能看见他，在他后面跟着，就可以了。小毛走得快，几乎是一路小跑着。小毛走的路，我走过很多次了，是赶场的那条路。

果然，小毛拐进了一条鸡肠子一样的小街，走到小街尽头，小毛钻进了一家茶馆。

小毛一钻进去，里面闹哄哄的声音，立马就不见了，茶馆就安静了。

我猫在门外，不知道小毛到底想干啥。

突然，我听到“啪”的一声响，接着，就听到了小毛的声音。小毛的声音很洪亮，和他在学校的声音判若两人。小毛说，话说当下郓哥被王婆打了这几下，心中没出气处，提了雪梨篮儿，一径奔来街上，直来寻武大郎。转了两条街，只见武大挑着炊饼担儿，正从那条街上来……听到这儿，我知道小毛在干啥了。这家伙，说得有板有眼的，行啊。

我正要继续听下去，不知从哪儿冒出几个人，闯进了茶馆。他们乒乒乓乓把茶馆的桌椅砸了个稀巴烂，还带走了小毛。

我回到家，觉得事情太大了，不敢给大毛说。天黑的时候，又听说另一个生产队的王知青出事了。其实，碰到王知青的次数极少，我只是跟着别人，叫他王知青。不知王知青出了什么事，反正路不远，我就跟着队上的一些人，去看热闹。

很意外地，我看到了小毛。小毛已经不是原来的小毛了，他光着上身，头发蓬乱，脸上还有血污。

小毛跪在王知青面前，低着头，不停地哭。

王知青身边，是一摞厚厚的书，我想走过去看看，是些什么书。可是，被几个人拦着，不让看。其中一个，像是个头儿，他说了几句话之后，就把书给点燃了。几个人见书烧得慢，就一人拿起一本，边撕边烧，火光就慢慢大了起来。

终于烧完了，几个人把王知青带走了。有大人喊我了，我也该回去了。我跟上去，看见大毛背着小毛，还在絮絮叨叨地骂他。我回头，还看见，那些纸灰，一片片在晚风中飞了起来，像一只一只飞舞的黑蝴蝶。

后来，王知青的事，谁也不知咋样了，小毛也没再上学了。小毛跟着他爸大毛，挣工分了，一天只有一分，有时队长开恩，给两分。过年后，新学期开始了，我拿着钱到学校报名，在路上碰到了大毛和小毛。大毛问我到哪儿去，我说去报名。大毛说你手里拿的钱，别弄掉了。我说不会的，还报名呢。

大毛吃惊了，大毛说，读书还用花钱吗？

小毛读书，你没给过钱？我问大毛。

当然，小毛说不用给钱的。大毛说。

我拉过小毛，问他，我知道你交过钱，你的钱，是哪儿来的？

小毛说，家里穷，我得想法挣钱。我认识王知青以后，就去他那儿读了一本书，再去说给他们听，自个儿挣的。

小毛还欠我一角五分钱，我始终记着。可是，听了小毛的话，我就在心里一笔勾销了。

那年那月之六：猪殇

那一年，小青高中毕业。

小青没考上大学，再说，即使考上了，她也读不起。小青上有父母，下有两个弟弟，一个妹妹，全家六口人，年年欠队上的口粮款，拉拉扯扯的，上个高中都不错了，哪有钱让她上大学呢？

小青回到家，没有跟着父母挣工分，像她那样的姑娘家，还不能算全劳动力，小青觉得很亏，就窝在了家里。窝了两天，小青也想了两天。第三天，小青从大平家抱回了一头小猪。大平是小青初中时的同学，住在另一个生产队，离小青家不远，几分钟就到了。

那天，是个早晨。风撩着小青的头发，小青的头发就飘起来了，小青的心，和她的头发一样，跟着飘起来了。于是，小青就走得很快，不到十分钟，就打了一个来回。

中午，父母收工回家，突然发现了圈里的小猪。

哪来的？父亲问小青。

小青正在喂小猪，听了父亲的话，就抬起头，说，赊回来的，钱嘛，后面慢慢还。不管怎样，总得找事做，喂头猪，总比挣工分强吧。

父亲想想也是，就没再说什么，由着小青去了。

可是，猪一天天长大了，父亲发现那头猪老往别的猪身上爬，就觉得有些不对劲儿了。

父亲找到小青，说，你买的啥猪呢，好像没劁呢，不然，它怎么——后面的话，父亲没说出口，小青十八岁了，已经是一个大姑娘了。

是啊，本来就没劁，我买的是一头脚猪。小青低声说。

你买这猪干啥？马上卖了。父亲气冲冲地说。

不卖，我要赶脚猪。小青说得很坚决。

什么？父亲身子一晃，差点倒在了地上。在当地，都把公猪叫脚猪。赶脚猪，说白了，就是自家养一头公猪，哪家母猪发情了，请到了，就赶上公猪去配种。干这一行的，都是男人——女人害羞，拉不下脸，至于姑娘家，更是前所未闻了。

必须卖！父亲扶住墙壁，几乎是声嘶力竭。

不管父亲怎么发火，小青就不卖。父亲劝不动，母亲就接着劝，最后父母一起劝，小青还是坚持。小青的理由就一条，那就是赶脚猪赚钱，每次收两元，一天平均两次，收入四元，一个月下来，就是百多元了，一年下来，更不得了了。这样，不但可以补贴家用，还可以供弟弟妹妹读书，别人要说三道四，就让他们说好了。人，只要活得好，其他的已经不重要了。

你不要捡，我要脸。父亲腾地站起来，跑进了厨房。边跑，父亲边吼，不卖就不卖，我马上宰了它。

小青也跟着站起来，跑到猪圈边，跳进圈里，身子伏在猪身上，对拿着菜刀的父亲说，你要宰它，就先宰我。

父亲不可能宰小青，父亲扔下菜刀，坐在地上，捶着自己的头，哭不出声来。

小青走出猪圈，也哭了，她抱着父亲，不停地叫着爸。叫着叫着，母亲又抱着小青，哭了。边哭，母亲边说，她爸，这脚猪，还是你来赶吧，让小青跟着我出工。

父亲哽咽着说，我不得做那事，她要赶，让她赶去。

没过几天，小青赶脚猪的消息，就像风一样，吹遍了邻近几个生产队。人们先是觉得不可思议，然后就是觉得刺激，特别是喂母猪的人家，只要母猪发情了，就去请小青。那些有母猪但母猪还没发情的人家，就盼望着母猪早点发情。他们都想看看，小青是咋个帮助公猪和母猪配种的，还有配种的时候，小青是个啥表情。

第一个请小青的，是张卫东。

其实，说是请，不太准确。因为张卫东自己没来，是让人捎口信来的。小青问了地方，就赶着脚猪出发了。脚猪颈上，套着一根绳子，绳子握在小青手里。猪在前，小青在后。猪好像知道要干什么似的，很兴奋，一路小跑着。小青跟着猪，也一路小跑着。小青的脸，不知是什么缘故，涨得通红。

小青赶着猪，到张卫东家的时候，一群男人早已等候多时了。看到小青，他们嬉笑着，主动让开了一条道。

小青，你赶脚猪，懂不懂这些哦。

应该懂哦，这是人的本能嘛。

不是人的本能，应该是猪的本能。

那些人的话，小青一概不回答，她低着头，把猪赶进了关着母猪的石圈。小青松开了手里的绳子，脚猪就直奔母猪去了。两头猪哼哼唧唧地“交流”了一会儿，脚猪就开始行动了。可是，由于动作不熟练，几次都没有成功。

到圈里去，去啊。那些人围在圈边，对小青喊。

到圈里去干吗？小青不明白。

帮助你家脚猪啊。那些人又喊。

小青不进去，那些人就推。推了几把，小青生气了，小青就大声说，别推，有啥子大不了的，进去就进去。

小青走进石圈的时候，脚猪又一次爬到了母猪的背上。小青像其他赶脚猪的男人一样，蹲下身子，一眼就看见了脚猪的生命之根。小青伸出手，可伸到中途，又缩了回去。一连伸了三次，小青都不敢握上去。圈外的人，大呼小叫的，给小青加油。

小青又一次伸出了手。

这次，她看清了方位，把脸转向一边，不用看，她就准确无误地握住了那根生命之根，然后送进了另一扇生命的窗口。

完事之后，小青黏糊糊的手在地上来回搓了几下，收了钱，逃一样赶着脚猪走了。身后，不知是谁说了什么，响起了一阵哄笑。

这以后，小青的生意一天比一天好，请她的人，每天三四个，跑得小青脚板直飞。脚猪出门的次数多了，动作也熟练了，一般不要小青的帮助了。小青呢，也一次比一次大方多了，有时，她还和看热闹的人开几句玩笑，把他们逗得直拍巴掌。

突然有一天，有人在小青家不远处的田坎上骂人了。

他们骂的是小青。

小青知道，是她抢了别人的生意，别人出气来了。这样的事，隔三差五的，就有一回。每次别人来骂她，她都装着没听见。但她父母听见了，她的弟弟妹妹听见了，就要去对骂。小青就关上门，不让他们去。我们做自己的生意，让他们骂吧。小青说。

一如既往地，小青的生意还是好。

这天下午，小青赶着脚猪出门了。

走到半路，两个蒙面人从一片林子里窜了出来。一个人拖住小青，另一个人抢了小青的绳子，把脚猪赶到了林子里。接着，林子里便响起了猪的嚎叫声。几声之后，拖住她的人就丢下她，跑了。等小青走到林子里，看见的，只是一具猪的尸体。地上，一滩猪血，像开了很久即将枯萎的花朵。

小青坐在那滩猪血里，号啕大哭。

那年那月之七：狗殇

李大觉得很委屈。

李大低头，看了看自己的肚子，再仰了仰头，他想看一下自己脖子以上的部分，可他看到的，只是灰白灰白的天。于是，李大就用双手在腰和背上摸了几把，就对他的堂兄李长军说，你说什么？我壮得像一头牛？李长军说，是啊，你看我们队上的人，哪个不是瘦成了一根筋？李大握紧拳头，晃到李长军面前，气愤地说，队上的牛，一点都不肥，瘪起个肚子，和你一样，咋个说我壮得像一头牛呢？纯粹是胡说八道。再说，这话让别人听到了，以为我偷吃了队上好多粮食呢！以后闭上你的臭嘴，不然我揍你。

李大说完，张开五指，去抓李长军的肩。李长军退了一步，李大跟着进了一步；李长军再退了一步，李大又进了一步……李长军退了五步之后，就一溜烟跑了。

看着李长军的背影，李大在肚子里得意地笑了一声。

李大的父母，是饿死的。当时，李大二十九了，如果凭他的劳力，每天出工，挣点工分，是完全可以养活自己的，但李大偏不。他成天就像个无赖一样，一会儿东，一会儿西，漫无目的地晃荡。遇到队上的人，他就扭住别人的衣服，说，还我爹来。不等别人说话，他又说，还我妈来。如果别人带着农具，他就一把抢到手，跑几步，再停下来，使出全身的力气，扔出一条弧线。那条弧线，最终或是掉进一口塘里，或是掉进一个山崖之下。久而久之，队上的人都说，李大受到了刺激，怕是疯了。

队上很少有人记仇，对李大也一样。农具被扔了，如果不费多大的工夫，就捡起来，做自己的事情去；如果捡不起来，就回家，再带，做农活的人，农具有的是。有时，李大晃到中午或是晚上，没有吃饭，哪怕是最后一口稀饭，大家也让给李大。李大也不客气，一口喝了，转身就走。这样的事，是很少的。经常是，李大不吃别人的东西，他等天黑了，晃到田间地头，遇到什么就用双手挖出来，吃什么。队上的人都知道，也撞见过，但都不说，他们唯一做的，就是边叹气，边摇头，一步一回头，避开了。

这一晃，就是两年。不想，原本也和李长军一样瘦的李大，长得又黑又壮了。

吓跑李长军之后，李大就看到了一条狗。

狗站在一个草丛里，草不高，就淹到了狗背，不注意看，发现不了。李大眼尖，看那片草丛的时候，那狗正在看他，一看那双眼睛，他就知道是狗了。狗是咋的了？咋个动都不动一下呢？李大觉得奇怪，就走过去，一看，结果是两条狗，屁股对屁股，连在一起。

李大来劲儿了，他拾起地上的一截木棍，照着两个狗屁股间的缝隙，抡了下去。两条狗"嗷"的叫了一声，接着想逃开，但逃的方向又不同，于是，只得在原地又蹦又跳，直打转。狗越狼狈，李大越想笑。最后，李大终于笑出了声，那声音很大。李大不停地笑，不停地抡起木棍，两条狗和着他的笑声，也跟着嗷嗷嗷地叫。

李长军和几个人跑过来了，他们看着疯了一样的李大，大气都不敢出。

终于，两条狗自由了。那个时候，李大的木棍已经举过了头顶，已经抡了下去。"嗖"的一声，两条狗就分开了，发疯一样朝前跑了。李大的木棍打在了地上，木棍断成了两截。李大也许是累了，他顺势一屁股坐在了地上。

李大没再笑了，他忽然号啕大哭了起来。

神经病。李长军低声骂了一句。

那天傍晚，李大哭够了，天就黑透了。他站起来，连东西都没找来吃，就直接回了家。

以后的两天，队上的人都没看见李大。到第三天午后出工的时候，人们还是没看见李大。这样的事，还是第一次。两年了，李大晃荡的身影，人们早已习惯了。没看见李大，于是就有人问，李大呢？被问的人就说，我咋知道呢？于是，问的人就接着问，是不是出事了？被问的人还是那句话，我咋知道呢？问不出个所以然，就不问了，就成闷葫芦了，就不出声不出气地带着农具，跟着大部队走进了田间地头。

事情就是第三天下午发生的。

整个村子静悄悄的，偶尔一两声狗叫，也是有气无力的，把村子渲染得更加苍白。

李大家的门打开了，只是一条缝。那条缝里，露出了一双眼睛。那双眼睛，朝外面看了看。然后，李大就像贼一样，溜出了门。

李大轻车熟路地溜到了王桂花的家里。

王桂花是队长的媳妇。不久前，王桂花的男人坐一辆拖拉机进城，结果拖拉机栽进了河里，就死了。死了男人后，王桂花就病了，躺在了床上。李大蹑手蹑脚走到了王桂花的床边，尽管脚步很轻，王桂花还是听到了。她睁开眼睛，第一眼就看到了李大。

王桂花说，李疯子，你干啥？

李大没说话，屁股往床沿一坐，身子一侧就上了床。

王桂花一点不像生病的样子，她迅速坐起来，背靠墙壁，伸出双腿，狠狠一蹬，就把李大蹬到了床下。李大躺在床下，哼哼唧唧了一阵，又站了起来。可是，王桂花已经跑到外屋去了，她一边跑，还在一边喊救命，声音很大，大得瘆人。

李大昏了头，竟然拔腿追了上去。

不知追了多久，李大被队长领着的一群人围住了。李大像沙袋一样，任由几双拳头击打。李大倒下去了，几双脚又踢了上去。李大抱着头，一声不吭地，满地打滚。等李大一动不动了，一群人才住了手。

李大是被李长军背回家的。

第二天下午，李大才醒过来。

李大的头，肿得像气球，连眼睛都睁不开了。李大的眼睛眯成一条缝，从那条缝里，他看见了李长军。

你是吃了豹子胆了，那样的事也敢做。李长军说。

我就是，不想活了。李大说得很吃力。

人还不如狗，没意思，死了算了。李大这话，从他肿得像馒头一样的嘴里挤了出来。

你自己都这样说，又没钱医，那就听天由命吧。李长军叹了一口气。

哥！李大含糊地叫了一声。接着，他的眼缝里，就流出了一种叫泪水的东西。

李长军没听到，他出门的背影，一摇一晃的，好像苍老了许多。

怀念一个人

这次高中同学聚会，是王大明组织的。大家都是四十来岁的人了，聚会上，叙了旧，喝了酒，说的最多的就是自己的子女了。子女成绩好，能考一个好大学，是我们一拨同学最大的心愿。但是，有一个人例外，他就是王大明。

王大明从皮包里拿出一张照片，说，还记得李老师吗？

我们说，当然记得。

照片在我们手里传递着。这是一张老照片，已经发黄了。

李老师是我们班主任，教我们数学。李老师长得精精瘦瘦的，嘴上蓄着一撮八字胡，貌似一个文人的样子。李老师长得不像一个数学老师，他的思维也不像一个数学老师。他常常会用一些古灵精怪的法子，把我们整得措手不及。

有一次，上数学课，李老师夹着一沓卷子进了教室。同时，他的一只手上，还拿着一个闹钟。

我们一激灵：李老师没说过考试呀！

果然，李老师把卷子、闹钟放在讲桌上，说，这节课，考试！

考就考呗，都是高三学生了，还怕考试？可是，一节课，时间不够啊。李老师不管这么多，自顾自地说，时间30分钟，到了就交卷。说完，李老师发卷了，我们连名字都来不及写，拿到卷子就开始答题。

教室里特别安静，闹钟嘀嘀嗒嗒的声音，敲在每一个同学的心上。每敲一下，大家的心就一紧。

突然，闹钟的声音停了，大家不由自主地抬起了头。我们吃惊地发现，李老师嫌时间过得太慢，他竟然直接捻着背面的一个小旋钮。李老师面带微笑，那微笑，有些高深莫测。李老师见我们都吃惊地张大了嘴巴，大声音催促我们说，快做啊，时间，过了5分钟了。我们还是不动。李老师的手指又捻了两下，再次说，现在，过了8分钟了，还有22分钟。我们回过神来，连忙手忙脚乱地行动了起来。

时间，在李老师的手指间快速地流走了。有的同学东一下，西一下，不知做哪个题好，结果一个题都没做出来，他们急得满头大汗也无济于事。还有的同学干脆不做了，他们嘀咕着，发着牢骚。李老师呢，不紧不慢地捻动手指，嘴里不停地报着时间，他的脸上，始终是微笑着。

时间到了，交卷的人寥寥无几。

李老师把几份卷子三下五除二全改了，报出了他们的分数，最高的人也不过得了三十多分。

闹哄哄的教室安静后，李老师开始说话了。李老师说，严格说来，这不叫考试，我只是想看看你们如何面对，如何处理罢了。明知不能为而为之，是为勇也。明知不能为而弃之，是为智也。所以，你们都做得对。我之所以安排了这堂考试，是因为我们有些同学坐进教室里，是被家长们逼的。其实，我们大家心中都有数，不管怎么逼，考进大学的希望都是渺茫的。做不到的事情，何不退后一步，看准自己的长处，去创造另一番天地呢？

李老师讲完，下课铃就响了。同学们谁也没出教室，大家都盯着卷子，思考着李老师的话。

第二天，王大明就卷起被子，回家去了。临走时，王大明找到李老师，说，李老师，听了你的话，我终于下定决心，说服了爸。我反正考不上，我要回去做自己喜欢的事了，我相信我会成功的。

第三天，第四天，又有同学陆陆续续地走了。40多个人的班一下子少了十几个，宽敞的教室显得空空荡荡的。

这事，校长知道后，李老师挨了不少的批。

现在，一晃二十来年过去了，王大明的生意越做越大，已经是一个拥有近千万资产的大老板了。

王大明成功了，他说他没忘记李老师，前些年，他去看过几次李老师。后来，李老师和老伴一起，就到了另一个城市，那儿，有他的儿子和女儿。王大明还说，前几天，给李老师打电话，请他参加我们的同学会。可是，接电话的不是李老师，是他的老伴。他的老伴说，李老师已经去世了。

听到李老师去世的消息，我们都沉默了。

我相信，对于我，对于我们全班同学来说，李老师是给我们影响最深的人。跟我走吧，让我们去祭奠他一下。王大明说完，带着我们走上了十楼。站在一间屋子前，王大明说，这是我上午找人办的。然后，我们鱼贯而入。

哀乐响了起来。

房内，正中墙壁上，挂着李老师的遗像。遗像前，摆着水果和鲜花。遗像两侧，各摆了一个花圈。王大明在前，我们在后。我们低头、弯腰，向李老师深深地鞠了一躬。

我们久久不愿离去，我们仿佛又回到了那一段难忘的青春岁月。

奇怪的哭声

这天早晨，刘导演漫步在山村的小路上。小路两边，稻田、山岭美不胜收，他一边饶有兴致地欣赏着，一边呼吸着山里的新鲜空气，感到了从未有过的惬意。

突然，一阵哭声传进了刘导演的耳鼓。

刘导演侧耳细听，哭声来自他身后的树林里。刘导演从小在山里长大，已经对这些哭声见惯不惊了。他正想离开，挪开的脚步却又不由自主地停下了。先前，那哭声是小孩的，哭得委屈，哭得伤心。这会儿，忽又换成大人的了，声音也由低到高，慢慢变成了号啕大哭，好像死了亲爹亲娘一般。刘导演正在奇怪，那些哭声又一次变了，开始是男人，然后换成了女人……这是怎么回事呢？刘导演决定去一看究竟。

刘导演走进树林，看到的，是一个不到二十岁的年轻人。

看见刘导演，哭声戛然而止，年轻人胡乱地擦着眼泪，有些手脚无措。

刘导演微笑着，走近年轻人，说，你叫什么名字？

李三娃。年轻人轻轻抬了抬头。刘导演趁他抬头的时候，看到了他的眼里，有一种浓浓的忧郁。

你就是那个从小就爱哭的李三娃？好啊，愿意跟着我，出去闯一闯吗？刘导演又说。

刘导演是村里的第一个大学生，读的是导演系，毕业后就干上了本行，现在已经是颇有名气的人了。在他拍的电视剧里，有很多哭的镜头，但那些演员总是哭得不到位，让他很恼火。刚才第一眼看到李三娃，他就想，这个人真不错，如果把他请进剧组，演不了戏，哪怕当一个配音演员，也是一大宝啊。这次回村，刘导演是看他父母的，他已经十来年没回来过了，不想，这一回来，却有了意外的收获。

好吧，我跟你走。李三娃没有犹豫。

听说刘导演看上了李三娃，整个村子都沸腾了。有的说，他李三娃，也会演戏？有的说，李三娃从小就哭，终于哭出明堂了。还有的说，李三娃从小就会演戏，是演戏的天才。说话的人，无一例外，带着嘲讽的味道。

李三娃五岁的时候，死了娘。他爸绰号叫李癞子，不怎么管他，他就东一顿西一顿地吃百家饭。有一天，李癞子把他牵到村东一棵树下，掏出一把糖，对他说，想吃糖吗？想。李三娃说。那好，你在这儿坐着，如果有人来了，你就大声地哭。说着，李癞子把两颗糖放进了他的手心。李癞子走了，走了几步，又折回来，说，我没出来，不准走啊，如果走了，回家打烂你的屁股。李三娃嘴里吃着糖，含糊不清地应了一声。

不远处，有一间土墙房，李癞子乐颠颠地走了进去。

没过多久，李三娃就看到一个人朝他走了过来，他连忙张开嘴巴，哭了，哭得声嘶力竭。过了一阵子，李癞子不知从哪儿冒了出来。可是，李三娃还在哭，李癞子说，不哭了。李三娃就不哭了，他揩着鼻涕，不停地说，糖，糖。李癞子就给了糖，牵着他，回家去了。

开初几次，人们没发现这其中的秘密，只是说，这个李三娃，也没人打他，怎么就无缘无故地哭呢？后来，人们就觉得有些蹊跷，就多了一个心眼。

有天傍晚，几个人避开了李三娃的视线，终于把李癞子堵在了房里，同时堵在房里的，还有一个女人。领头的不是别人，是这家的男主人。

李癞子被打了个皮开肉绽。

李癞子躺在床上，长一声，短一声，不停地呻吟。李三娃守在床边，不停地哭，哭得很伤心。李癞子躺了两天两夜，李三娃哭了两天两夜。村里一个好心人看不过，帮着请了医生，这才救了李癞子的命。

这以后，李三娃就爱哭了。长大了些，他懂事了，就一个人到树林里去哭，变着花样儿哭。哭够了，他就回家。可是，回家看到拄着双拐的爸爸，又想哭。

后来，村里就有人请李三娃去哭丧了。李三娃不想去，但为了生计，他只得去。他去了，把孝男孝女，孝子孝孙该哭的内容全包了，忽而男声，忽而女声，忽高忽低，忽快忽慢，直哭得肝肠寸断。

李三娃的哭声，成了村里一道风景。

如今，不管村里人对李三娃有什么看法，但归根到底，那些话里，少不了羡慕。李三娃就在人们羡慕的目光中，跟着刘导演走了。

李癞子目送着李三娃，脸上，两行泪水无声地滑了下来。两根拐杖，支撑着他摇摇欲坠的身体。他的手里，是李三娃留下的三百块钱。那些钱，已经被他捏成了一团。

临走时，李癞子曾说，好好干吧，实在干不下去了，再回来。李三娃说，出去了，肯定要好好干，即使干不下去，我也不回来。

可是，不到一个月时间，李三娃却违背了自己的誓言，回来了。

和李三娃一起回来的，还有刘导演。

刘导演说，这个李三娃，真是奇了怪了，村里哭得好好的，到了剧组，让他哭，他却哭不出来。有时，哭出来了，哭着哭着，竟然笑了，神经病一样。好了，我把他给你送回来了，我也该走了。李癞子听了，淡淡地说，回来也好，那麻烦你了，慢走啊，刘导演。

刘导演走了，但他的身后，又传来了李三娃的哭声。

那些哭声里，有喜悦，有悲伤，忽高忽低，忽快忽慢，像炊烟一样，飘荡在村子的上空。

樱桃树

王大娘和李大爷住同一个院子，一个在院东，一个在院西。

这天，是个难得的太阳天。

前些日子，云层很厚，地上的冷风不停地吹，王大娘怕感冒，就成天待在家里，守一盆炉火。人不活动，就和放在一个地方的东西一样，久了，会发霉。王大娘也一样，她甚至闻到身上的霉味了。看到太阳出来，她便迫不及待地提了一条凳子，出门，慢慢走到了阳光下。

院坝边，有一棵树，一棵樱桃树。王大娘走到树下，围着树干，看了一圈，然后又退后几步，面对着树，坐下了。坐了一会儿，王大娘微微抬起头，她的目光，又和树干缠在了一起。树干，不断上升；她的头，也随之缓缓抬高，最后，她的目光完全落在了整个枝丫间了。

这棵树，已经很老了。皲裂的皮肤，像老人脸上的皱纹，很多树枝已然枯死了，每到春天，叶子少，花也开得少，结的果更少了。眼看，这棵树就要走到生命的尽头了。

看什么呢？老家伙。不知何时，李大爷也提了一条凳子，坐在了王大娘身边。

明明知道，还问。王大娘叹了口气，说。

它只是一棵树，有什么看头？李大爷笑嘻嘻地说。

才不是，看到树，我就像看到他一样。王大娘说。

你呀，这话我听得耳朵长茧子了，真是的。李大爷嘟着嘴，有些生气了。李大爷知道，王大娘喜欢吃樱桃，结婚那天，她男人就栽了这一棵。可是，她男人已经死了十年了，却还像这树一样，扎根在了王大娘心里。为这个，李大爷努力很多年了，他想把王大娘心里那棵树移走，但都没有成功。

李大爷挪了挪屁股，腾出一个位置，对王大娘说，坐这儿来吧。李大爷没有放弃努力，他有很多话想说，尽管那些话已经说过无数遍了。

王大娘瞅瞅樱桃树，轻声说，你的心思，我明白，可是，他在看着我们哩。

你明白，有什么用呢？如果可以，我情愿变成这棵树，让你天天想着，天天看着。李大爷说得有些伤感。

李大爷转过身子，看着别处，不再理王大娘。

怎么？生气了吗？别生气啊，开春，我还等着吃你的樱桃呢。王大娘伸出手，轻轻拉了一把李大爷的后襟。

以前，樱桃成熟了，王大娘嘴馋了，就让李大爷帮着摘。摘的时候，王大娘不让李大爷上树，只能站着摘，够不着，就放一条高凳子，如果还够不着，就在凳子上再搁一条。李大爷站在上面，王大娘就帮忙稳凳子。后来，树渐渐老了，结的樱桃少了，特别是近几年，几乎不结了，李大爷就去村里找人讨要。有时，别人说他一个老年人还那么好吃，就烦，就不给，李大爷就给钱买。慢慢地，村里也没人卖给他了，他们嫌他给的价太低，但又不好明说，就干脆不卖，自个儿背到镇上去了。村里买不到，李大爷就到镇上去买。那些费尽心思弄到手的樱桃，不管是讨的还是买的，李大爷都舍不得尝一颗。

樱桃提回家了，李大爷用井水洗一遍，端给王大娘，说，吃吧。

王大娘就吃，边吃边看着李大爷笑。旁边的李大爷，也跟着笑。

你也吃吧。王大娘抓一把，递到了李大爷眼前。

我吃过了，你吃你吃。李大爷把眼前的樱桃挡回去，连声说，还想吃的时候，告诉我，我再想法子，让你吃个够。

我天天都想吃。王大娘说。

行。李大爷没食言，他就天天或多或少给王大娘弄一些。每年樱桃成熟的季节，李大爷最忙。用王大娘的话说，原来，男人是她的樱桃，男人走了以后，李大爷就是她的樱桃了。当然，这话是说给李大爷听的，别人不知道。

王大娘说过的话，李大爷都记在心里。

你说过，我是你的樱桃。李大爷说话了。

只要我还在，就有你吃的，放心吧。李大爷突然转过身，王大娘的手还没缩回去，在中途被李大爷捉住了。

阳光，暖烘烘的。

王大娘的手，任由李大爷握着。她的眼睛，偷偷地看着那棵樱桃树。树，静默着。

临近中午，该回家做饭了。王大娘和李大爷都是儿孙满堂的人了，以前院子里很热闹，随着人口的增多，住不下了，他们就在外面修了新房，搬了出去。为了挣钱，他们大多数都打工去了，家里几乎没留什么人。王大娘一想，自己一个人过，更好，就留了下来。王大娘不走，李大爷也不走了。一个院子就剩下了两位老人。李大爷曾提议，说他煮饭，让王大娘一起吃，王大娘怕别人说闲话，不答应，他们就各吃各的了。

王大娘站了起来。李大爷也站了起来。

李大爷说，如果有一天，我做错了事，你能原谅吗？

王大娘没说话，只是笑了笑，进屋去了。李大爷也跟着进了屋。一个向东，一个向西。

第二天，王大娘起床，开门一看，那棵樱桃树不见了。她急忙走到曾经的树下，地上只有埋进土里的一截树桩。再看四周，树干、树枝啥也没有了，好像那儿原本就没有树一样。

王大娘呆呆地站着，无声的泪，在她脸上的皱纹里晶莹地亮。

一个月后，王大娘就和李大爷住到了一起。

那天，李大爷在院坝边栽了一棵樱桃树，搀扶着王大娘，说，砍了你的樱桃树，不怪我吧？现在还你一棵。

王大娘摇了摇头。

王大娘握住李大爷的手，喃喃地说，你咋这么笨呢？早些年你咋就想不到呢？

从今往后，我就是这棵树了。李大爷又说。

听了李大爷的话，王大娘的手握得更紧了。

银子的故事

银子的爸爸经常给银子讲一个关于银子的故事。

银子的爸爸说，银子呀，你出生那天晚上，我做了一个梦呢。最初听的时候，好奇，银子就问，是什么梦呢？银子长大了，这个故事听得多了，就不再问了。不管银子问不问，银子的爸爸会继续说，我梦见一棵树，树上，挂满了一锭一锭的银子。那些银子，像人一样，还朝我不停地眨眼睛呢。讲到这里，银子的爸爸总会抚摸着银子的头，说，银子，这样看来，我们要发财了，希望就在你身上呢。

小的时候，银子像擂鼓一样，拍着瘦小的胸膛，说，等我长大了，一定把树上的银子给你摘下来，给你买汽车，买飞机。

银子大了，就说，银子嘛，水嘛，好大个儿事。那口气，很油。听了银子的话，银子的爸爸脸上，就浮现出一抹忧愁，说，你读书又不行，咋挣哦！银子不以为然，银子说，读书不行，就挣不到银子吗？打小，银子像他爸一样，把钱不叫钱了，叫银子。

银子初中毕业，没考上高中，在家跟着父母做了一年农活。可是，庄稼欺穷，不管他们怎么起早贪黑，种出的庄稼总是不如别人。一气之下，银子就到镇上一个建筑工地，干上了苦力活儿。

这天，太阳很大，人在地上走，像顶着一个火炉。

工地旁边，有一条河。河边，有一排柳树。柳树下，歇工的男人们，光着上身，或倚或躺。阳光，透过柳叶，洒在他们身上，斑驳陆离。

银子擦一把汗水，眯起眼睛，抬头看了看天，然后，再擦一把汗水，拖起沉重的双腿，又向那堆山一样的砖头走去。乡下修房，没有城市那样的建筑工程设备，砌楼要用的砖块、水泥全是人力背。背一块砖，两分钱。银子已经背了八百块，他想再背一千块，这样下来，就能挣到36元了。

银子还没装好砖，工头就走了过来。

工头说，银子，你不要命了，中了暑怎么办？等太阳软了，再背吧。

银子说，你放心，不会的，万一中了暑，我也不会找你。

工头又劝了一阵，看劝不动银子，就由银子去了。

果然，银子背完第五趟的时候，身子一歪，就倒在砖堆上了。等工友们闻讯跑到他身边，他已经不省人世了。工友们又是掐人中，又是喂解暑药，好一阵才把银子弄醒。

工友们把银子扶到了柳树下。工头来了，工头把银子大骂了一通。银子不吭声，可怜巴巴地看着工头。工头叹了口气，不再骂了。

银子中了一回暑，因祸得福。工头看他干活实在，又能吃苦，就安排银子专门点数，谁背了多少砖，背了多少水泥，只要一数，再记上账，就算完事了。这活儿，轻松。

一天傍晚，一帮工友找银子结账，银子揣上记账本到了工头的办公室。工头对着记账本，把力钱全算给了银子。工头给钱的时候，拉开抽屉，拿出一大沓红红的百元大钞，一张一张地足额点给了银子，剩下的，又放回了原处。银子第一次看到这么多的钱，有些手足无措，胸膛里，更像一个跑马场，一颗心，像一匹脱缰的马，在里面狂奔乱跳。

临走时，工头一边接电话，一边说，马上去付给他们，如果弄掉了，是要赔的。

银子连连点头，目送着工头马不停蹄地远去了。

晚上，银子怎么也睡不着，身子躺在工棚里，眼睛却从窗口一跃而出，站在夜空下，目不转睛地盯着工头的办公室。

睡不着，出去走走吧。银子就出去走走了，不知不觉，银子走到了工头的办公室门口。

工友们都知道，工头睡觉，鼾声如雷。

银子侧耳细听，屋里没有半点动静。工头呢？银子猛然记起了，工头给钱时，接电话说要出去喝酒的，也许，现在还没回来吧。

工棚里，钳子、锤子，啥东西都有。银子蹑手蹑脚回到工棚，找来这几样，三下五除二，撬开了工头的门。接着，银子又撬开了抽屉，伸手抓出了那一沓钱。不巧的是，银子还没转身出门，就听到了楼梯上踏踏的脚步声。

工头回来了。银子连忙出逃，慌不择路，竟和工头撞了个满怀。

工头气愤不已。

银子被打了个半死。

银子被好心人送进了镇医院。

银子的爸爸听说后，赶到医院，看到银子的第一眼，就说，工头对你恁好，你怎么能这样呢？

银子不说话，银子的爸爸就开骂了，银子还是不说话。银子的爸爸骂够了，病房里安静下来了，银子才说，我也不想啊，可是，你知道我那天晚上，看到什么了吗？

看到什么了？银子的爸爸问。

我看到，一棵树，开始很小，一眨眼，就长到他的窗子上了。树上，挂满了一锭一锭的银子，那银子像人一样，不停地向我眨眼睛呢。不知不觉的，我就管不住自己了。

银子的爸爸听了这话，“咚”的一声闷响，一屁股坐在地上，啥也说不出来。

一把花伞

这天，男人下班，在回家的路途中，遇上了大雨。街上的人，像一只只受惊的鹿，四下逃窜。男人身子顿了顿，然后快跑几步，贴到了一家铺面的屋檐下。屋檐很窄，根本避不了雨；再说，大雨也没有停的意思，老这样站着，也不个办法。男人想了想，就来了个百米冲刺，冲进了斜对面一个超市里。

男人买了一把伞，一把花伞。

男人回家，敲门。门是女人开的，女人接过男人手里的伞，去了阳台。撑开，女人发现，这把伞似曾相识。

女人想起来了。

那天，下着小雨，空气里弥漫着一股子凉意。男人撑着伞，她挽着男人的手，去“朋友酒家”参加一个聚会。他们进门的时候，一个人也跟着进来了。那个人，就撑着和男人这把一模一样的花伞，还和男人打招呼，打过招呼，还对男人笑，那笑里，藏着一种妩媚。女人醋意大发，她恨恨地拉着男人上了楼。在楼梯上，女人问那是谁，男人说是同事，叫小王。女人又说，以后，离她远点。男人说，好，垂直距离一定保持在五十米以上。男人又贫嘴了，女人听出了弦外之音，就悄悄掐了一把男人的后腰。女人这一掐，男人就知道，女人不会再生气了。

今天，女人看到这把花伞，就好像看到了小王。

女人走到男人面前，说，你的伞，哪来的？

买的。男人说。

是吗？不是别人送的？女人开始笑，笑得怪怪的。

你怎么了？男人说。

老实交代，是不是别人送的情侣伞？女人不笑了，很严肃。

别胡思乱想，真是我买的。男人分辩。

哄鬼吧你。女人生气地进了厨房，把锅碗弄得砰砰直响。

晚上，女人使出了杀手锏。女人很主动，很温柔地和男人缠绵了一回。然后，女人抱住男人，说，老实说吧，那伞是不是小王送的？如果是，我也不会怪你。

男人说，小王怎么会送我伞呢？那是我自己买的。

那么巧？你一个男人，怎么会买一把花伞呢？女人说。

是啊，怎么那么巧呢？我怎么会买一把花伞呢？男人在心里问自己。问过之后，男人就无话可说了。

小王上班，几乎都要带着那把花伞。有一天，男人没事，把小王的伞拿在手上把玩。男人说，你这伞很好看，哪儿买的呀？小王说，你也想买？男人说，不敢买，怕别人误会。小王说，没这个胆子，还问什么呀？说了你也不买。每个男人都不承认自己胆小，特别是在漂亮的女人面前。男人也一样，他泡磨硬软，说了不少好话，小王才说出买的地方。有几次，男人下班，还专门去看了看，但男人终究没买。那天，男人冒雨跑进的超市，正是小王说的地方，他想也没想，就买了一把和小王那把一模一样的花伞。

这里面的曲折，男人不敢说。男人只是说，买把花伞，你也可以用啊。

我才不用。女人转过身，睡了。

这以后，一把花伞成了女人心中的一个结。

以前，女人和男人，喜欢共用一把伞。男人撑着伞，女人挽着男人，小鸟依人的样子，很幸福。现在，男人和女人出门的时候，男人其他伞不用，就爱用那把花伞，女人不止一次地说，用原来的伞吧。男人却说，这把好看，就用这把。只要男人一用那把花伞，女人就神经兮兮的。经常的情况是，伞下的男人和女人走着走着，女人就走出了伞外，和男人拉开了一段距离。于是，男人就停下来，等女人，女人却说，你们走吧，别管我。男人不解，就问女人怎么了。女人说，我在你身后，看到伞下面还有一个人，三个人一把伞，怎么用呢？没有别人哪，就只有我。不，还有一个人，这个人是小王，我认出来，我还看到了她在对你笑。女人不管男人说什么，她都不愿意重新回到男人的伞下。

女人说的话，深深刻进了男人心里。有时，男人一个人撑着花伞，就会有意无意朝他身边看，男人也觉得，他的身边，好像多了一个人，一个女人，女人还在对他笑。这个人不是别人，是小王。

我这是怎么了呢？男人想。男人发隐隐约约地发现，有一种危险正悄悄逼近自己。

这天，男人趁上班的时候，把那把花伞带从家里拿出来，扔进了垃圾桶。

女人很久没看见花伞了。

女人和男人的生活，又回到了从前。

但女人还是想知道花伞的下落，一个晚上问男人，那把花伞呢？

男人说，还给别人了。

女人说，你不是说是买的吗？

男人说，对不起，老婆，我那是借的，当时怕你想歪了，就撒了谎。

女人说，就是嘛，你能瞒得过我？还了好啊，眼不见心不烦。

男人笑了，男人说，我说过，我和小王的垂直距离是五十米以上。

女人又掐了一把男人，然后，女人抱住男人，对着男人的嘴，一口咬了下去。

男人的胡子

胡子有一脸络腮胡。

络腮胡是胡子的命根子。每个月，胡子都要去一次美发店。胡子去美发店，美发是小事，更主要的，是美他的胡子。胡子留多长，该怎么修剪，胡子讲了很多次了，美发师心里有数。美发师侍候起胡子的胡子来，很仔细，也很精心，像侍候着一件精美的艺术品。难怪，人们都说，胡子因为胡子，显得很男人，很有品味。理所当然地，人们都叫他胡子了。

胡子的女人，很漂亮。漂亮的女人，是一朵好看的花，很多蜜蜂一样的男人，成天围着女人嗡嗡直飞，但女人最终嫁给了胡子。女人说，你这胡子，啧啧，我喜欢。

胡子明白，女人嫁给他，不是他的人，而是他的胡子。于是，胡子就为了女人，尽心地呵护着他的胡子。

一个周末，胡子拥着女人，躺在床上。这是个晚上，夜很深了，外面朦胧的月光，透过窗帘，勾勒出了胡子和女人模糊的轮廓。

胡子用胡子，不停地蹭着女人的脸。

女人躲闪着，说，痒！

胡子说，你一直喜欢啊。

女人不说话，挣脱了胡子的怀抱，平躺了，说，那是以前，现在，你想做啥，做吧。女人说完，打了一个长长的哈欠。

胡子没兴趣了，胡子转过身，捂着自己的络腮胡，睡了。但是，胡子没睡着，胡子想，她怎么了？胡子想问问女人，可是女人轻微的鼾声已经响起来了。

早晨起床，胡子破天荒没有梳理自己的胡子。以前，胡子都要对着女人的梳妆台，用一把玲珑的木梳，把胡子细细地梳理一遍。有时，即使起晚了，上班要迟到了，他也要有条不紊地做完这些，方才急急出门。今天，他没有。他在沙发上懒懒地坐着，女人怪异地看着他。女人说，胡子呢？不梳了？胡子说，不梳了。女人说，不梳也好，这样省事，不过——下面的话，女人没说出来，但胡子明白，他的心，突然就有了一种隐隐的痛。

胡子想起了同事小王。

小王算不得美女，但她的身上，有一些吸引人的东西，到底是些什么东西，胡子说不上来。小王坐在胡子对面，没事的时候，小王就常常盯着胡子的胡子看。有一次，小王说，如果你把胡子刮了，会是个什么样子呢？胡子笑了笑，说，你说是个什么样子？小王说，我想，会更帅吧？胡子一听，又笑了，这次笑的声音大了些，胡子笑完，才说，女人说我帅，你是第一个，谢谢啦。女人跟着笑了笑，说，那，为了这个第一个，你刮一次胡子，让我印证一下吧。胡子说，这胡子刮不得，有人申请专利了。女人就嘟了嘴，低下头，不再说话，很不高兴的样子。

想起小王，胡子看了一眼女人，见女人无动于衷的样子，就下了决心。

胡子走进了美发店。

胡子说，刮胡子。

美发师还是那个美发师，他侍候胡子的胡子已经五年了。换句话说，胡子已经有五年没有刮过胡子了。胡子突然说要刮胡子，美发师就很诧异。美发师站在那里，不动，看着胡子，不知怎么办才好。

胡子又说，刮胡子。

美发师回过神，说，真刮？

胡子咬咬牙，说，刮！

于是，美发师就操起了剪刀。随着咔嚓咔嚓的声音，胡子的胡子就一绺一绺飘落下来。胡子看着那些飘然而下的胡子，觉得自己像剃度一样，像个准僧人一样，一种苍凉感油然而生。胡子闭了眼，不想再看。他发现眼睛里，有湿湿的东西渗了出来。

剪短了胡子，美发师又用滚烫的毛巾敷了几遍，再涂上了肥皂沫，等火候差不多了，美发师又操起了刮胡刀。锋利的刀片在胡子的脸上游走，一股子凉意从胡子的心里蹿了出来。

走出美发店，胡子像变了个人似的，自己都不认识自己了。

胡子给小王打了个电话。胡子说，出来喝茶吧。

小王说，太阳从西边出来了？

胡子说，今儿有空，你呢？

小王顿了顿，说，在哪儿？

胡子说了一家茶楼的名字，就挂了机，然后就到了茶楼，等小王。没过多久，小王来了。小王四处瞅了瞅，失望了，转身想走。胡子暗暗地笑了笑，说，在这儿。

小王终于发现了胡子。小王像不认识胡子似的，走到他面前，盯着他看了好半天。

小王笑着说，刮了胡子，变相了。

胡子说，变帅了？

小王说，是，比以前帅多了。

小王坐下，抿了一口茶，又说，你真听话。

小王说完，对着胡子，嫣然一笑。

喝完茶，胡子又请小王吃了午饭。下午，胡子回到家，女人看了他几眼，淡淡地说，胡子刮了，脸上干净多了，不错。

胡子苦笑了一下，然后坐进沙发，看电视。有意无意间，胡子老是摩挲他的脸。以前，胡子总是软软地温暖着他的手指，让他陶醉。现在，脸上什么也没有了，光光的，透着荒凉。胡子看着女人，突然有了些陌生。

从此，胡子也像有的男人那样：总是早出晚归，有时还整夜不回家。

女人开始生气了，女人老是吵他，问他，你说，你成天在外面做啥？

胡子不回答，吵得烦了，问得急了，才说，找我的胡子。

可是，男人明白，他的胡子，再也找不回来了。

土碗如命

三哥有一只土碗，像宝贝一样珍藏着。可是，三嫂不喜欢它，说它黑不溜秋的，土不拉叽的，见了就心烦。有一次，三嫂趁三哥不在家，就悄悄打开三哥的衣箱，拿出来盛了猫食，扔给她家的一只猫。三哥回来，骂了三嫂一通，还强迫三嫂给他洗净了，擦干了，重新装了进去。三嫂委屈的泪花，把我的勇气给逼了出来。我说，三嫂，你怕啥？不就一只破碗吗？交给我，我哪天把它扔到南门河去。

三哥吼，你敢，看我不打断你的腿。

我就敢。我也吼。

我和三哥对视着，像两头牯牛。三哥一步跨到我面前，目露凶光。我的勇气，被那两道凶光一点一点蚕食了。我说，你是我哥，我不和你吼，不信，你就等着。我赶紧转身，走了。

三哥知道，我那是提虚劲儿，没放在心上。

但是，当三嫂再一次说到那只土碗的时候，我不知哪来的胆量，竟然悄悄钻进了三哥家里，打开了他的木箱，把碗偷了出来。然后，我拿着碗，飞跑着出了他家后门。刚出后门，我就想起了三哥说的话，停了停，又返了回去，把碗藏在了他的床下。

三哥到地里干活去了。不巧的是，他刚好在门口遇上了我。我装着没事一般，和他笑了笑，溜之大吉。三哥狐疑地看了我两眼，丢下锄头，快步进了里屋。不一会儿，他就追上我，一把拿了我的衣领，把我拖到了木箱前。说，我的碗到哪儿去了？三哥睁一对牛眼，盯着我。我说，我哪里知道，你不是放在箱子里的吗？是的，现在不见了，肯定是你搞的鬼，三哥说，快说，在哪儿？我不回答他，使劲掰着他的手，躲闪着他的目光。不知不觉，我的眼光就落到了旁边的床下。三哥什么都明白了，他扔下我，开了灯，趴在地上，朝床下瞅。那只土碗，还是让他找到了。

其实，那只粗糙的土碗，也没什么特别之处。

去年初，三哥辞别三嫂，一趟火车坐到了广州，进了一家玩具厂，每月一千多。年底，快过年了，三哥归心似箭，但厂里活儿多，三哥走不了。直到腊月二十八，三哥才得以脱身。但是，一到火车站，不但没当天的票，后面几天的票都没了。三哥只得坐汽车，虽然转站较多，麻烦，但三哥不介意，只要能回到家，就成。

不幸的是，在途中，三哥的钱被小偷扒了。

三哥傻眼了，身无分文，怎么回家？三哥太想三嫂了，什么都不顾了，他就边走边问，朝着家的方向不停地前行。渴了，就掬一捧山泉或是路边的沟水；饿了，就摘几个野果或是向农户乞讨；困了，就歇在一棵树下或是宿一夜屋檐。

有一天，三哥来到一个集镇，向一个面店老板讨吃的。老板正在煮面条，以为三哥是叫花子，一连声说，走走走！像赶苍蝇一样。三哥实在饿得不行了，就站着，不走。老板见三哥不走，就笑了。然后，老板说，想吃是吧？三哥无力地点了点头。老板就用一双长筷子，在热气升腾的大锅里捞了一柱面条，准确地甩进了三哥摊开的手心。顿时，三哥像踩上了烙铁，在原里不停地跳着。但他的手，却牢牢地捧着面条，舍不得松开。老板笑的声音大了些，假惺惺地问，怎么了？下次，找只碗吧。三哥说了谢谢，转身走了。还没走上两步，手里的面条，已然被他全吞进了肚里。

是该有只碗了。三哥想。

第二天，三哥走到一家农户门前，对主人说，行行好吧。主人是个中年女人，女人的脸上有了些皱纹，皱纹里盛满了笑意和慈善。女人说，你等等。三哥就等，等了一会儿，女人出来了。她手里端着一个土碗，碗里装了米饭和小菜。这是三哥一路上吃得最好的一顿。三哥边吃，边想心事。三哥想起了在家的日子，想起了三嫂，不知不觉哭了。眼泪，掉进碗里，三哥和着米饭，全吃了。

三哥吃完饭，犹豫着将碗递给女人。女人没接，女人说，送给你吧，有个碗，方便些。三哥一连说了三声谢谢，带着碗又上路了。

三个月后，三哥终于回家了。那只碗，也跟着三哥一起回了家。

找到土碗，三哥对着三嫂，对着我，又说起了他的这段经历，不管是对面店老板，还是对中年女人，一如既往地充满了深深的感激。

知道你的意思，没有他们，你早饿死了，是吧？我们以后不再动那碗，行了吧？三嫂最后说。听三嫂的语气，有些言不由衷。

三嫂对我很好，我得帮一把她。我又打起了那只土碗的主意。

一个赶集的日子，三哥去了集市。

估摸着三哥回来还早，我找到三嫂，对她说，一只破碗，三哥当命一样，就让他保存着吧。

三嫂眉毛一竖，说，我也经常这样想，但是，村里人现在都笑话我们哩，说他出去打工，啥都没挣，就弄了一只破碗回来，还宝贝一样。再这样下去，总有一天我会把它摔掉的。

你真这样想？我说。

当然是真的。三嫂说。

我有办法。我说着话，走向三嫂。几句悄悄话，听得三嫂直点头。

天擦黑，三哥才回来。三哥一回来，三嫂就对三哥说，你那只土碗，我送人了。

送给谁了？三哥一听，从凳子上一跳而起。

送给一个叫花子了。三嫂不紧不慢地说，我看她太可怜了，比你回来时更惨。我用碗装了饭，她吃了，把碗递给我，我想起你当初一路要饭的情景，心一软，就送给她了。

三哥沉默了片刻，说，应该送，不怪你，如果是我，我也会送的。

从此，我发现，三哥没有了土碗，比原来过得更开心了。可是，三哥哪里知道，那只土碗，早被我扔进了南门河。不过，我不能说，打死也不能说。

我相信，三嫂也不会说的，我那是帮她呀，她怎么会出卖我呢？

红叶摇曳

门外，笃——笃——笃的声音由远而近，响得艰难而沉闷。

红叶老师知道，又是刘岩来了。

刘岩是刘小丫的爸爸。刘小丫是红叶老师班上的学生。刘岩独腿，另一条腿在修公路时让巨石砸断了。第一次来，刘岩提了一袋米，他家本就穷，妻子身体又不好，老是病歪歪的，红叶老师实在不忍心收他的东西。不收，刘岩拄着木拐，站着，不说话，看着红叶老师，可怜巴巴的。收了，给钱，刘岩也不要，还说，都是自家产的，给什么钱呢？给钱是打我脸啊。于是，红叶老师只得作罢。后来，刘岩三天两头就来一次，要么提一窝菜，要么提一块腊肉，害得红叶老师总觉得欠他太多的人情，不敢见他了。

这会儿，红叶老师刚吃了晚饭，正在洗碗，她连忙擦了手，硬着头皮迎了出去。

刘岩满头大汗。刘岩手里，提着一条鱼，一条活蹦乱跳的鱼。

今儿下午，听说盘龙村的张老四起鱼塘，我去给你弄了条鱼。活的，养着明天吃。刘岩顾不上擦把汗，一个劲地嘿嘿笑。到盘龙村，一个来回二十多里，红叶老师愣愣地站着，感动得不知说什么好。

远处，刘小丫跑来了。

刘小丫身子瘦小，跑起来像一片树叶，一飘一飘的，一点也不像五年级学生。刘小丫学习很用功，成绩很好，嘴巴又甜，深得红叶老师喜欢。

看一眼刘小丫，看一眼刘岩，红叶老师说话了。她说，这鱼，提回去，给刘小丫吃吧。以后你别再这样了，你放心，我会尽最大努力教好她，不会让你们失望的。

刘小丫跑过来，刘岩抚摸着女儿的头，说，快谢谢红叶老师。于是，父女俩一起说，谢谢红叶老师！

刘小丫是来找刘岩回家吃饭的，临走时，刘岩执意要留下鱼，红叶老师不让，他就把鱼给了刘小丫。刘小丫一溜小跑，进屋，顺手拿起一个盆子，盛了水，把鱼放了进去。然后，刘小丫转身跑出来，扶了刘岩，急急地回家了。

屋里的米呀、菜呀堆成了小山，红叶老师无奈地摇摇头，赶紧换了一身衣服，关门。门刚合拢，她又推开，走进去，提上鱼，出门逛山去了。她知道，刘岩走了，后面的人会一拨一拨跟着来，再不走，就走不掉了。每个黄昏，红叶老师就是这样，穿一身红衣服，哼着歌儿，走在山间小路上，给山里的夜色，染上一层暗红。

红叶老师爱穿红衣服，一年四季，或淡红，或深红。颜色的深浅，随着季节的不同，而不停地变换。在人们眼里，那些红色，就像一种点缀，把她衬托得青春、活泼、靓丽。

红叶老师来这个叫石岩村的地方支教已经一年多了。村子偏僻，离镇子远，没人愿意来。石岩村像一个脸盆，四周连绵的山是盆沿，整个村子落在盆底。学校，就被密密麻麻的民房团在盆底的中央。春天，山花盛开；秋天，红叶摇曳。开初，村里人好奇，问她，红叶老师，那么多大城市你不去，怎么偏偏到我们这儿来呢？红叶老师笑而不答，问得急了，才说，我喜欢这儿啊。大家信了，就说，喜欢就好，难为你了。有啥事，说一声，这儿就是你的家。

是啊，这儿就是我的家。红叶老师心里涌起一阵一阵的温暖。她提着鱼，又想起了刘岩，想起了刘小丫，想起了王婆婆，想起了李婶。

没走多大，红叶老师就停在了一间破烂不堪的木屋前。这间木屋，屋前屋后堆满了柴火，它就是刘岩的家。屋里，刘岩一家三口，边吃饭，边说话，声音不高，但红叶老师却听得十分真切。

这些天没钱，你买鱼是哪儿来的钱呀？女人问。

我买鱼，还用钱？刘岩得意地说。

你本事大嘛。女人说。

不是本事大，是我给张老四打了半天工。刘岩说。

打什么工？女人说。

挖地呗，挖一块地换一条鱼。刘岩说。

爸，下次你别去挖了，要挖，喊我去。刘小丫说。

听到这儿，红叶老师的眼睛潮湿了。她连忙把手里的鱼轻轻挂在门扣上，轻轻走了。

走了一段山路，又走了一段山路，天黑透了，村里星星点点的灯光，把红叶老师唤了回去。

这天傍晚，红叶老师照例出去逛山。

山上的红叶渐渐多了，红叶老师精心挑了二十几片，摘了下来。她要送给刘小丫，送给班上的所有学生。昨天，刘小丫还说，要送红叶给她做书签哩。明天我先送给她们，给她们一个惊喜。想到这儿，红叶老师不知不觉笑了。

看看天色，差不多了，该回去了。经过刘岩家木屋时，红叶老师看见一团火光蹿了起来。接着，她听到了刘岩一家三口惊慌失措的喊叫声。

转眼间，火苗就蹿上了屋檐。

红叶老师看见，刘岩抱着女人，逃了出来。刘岩身后，火苗像蛇一样追着他。他一出门，大火就把门封住了。屋里，刘小丫的哭声，撕心裂肺。

红叶老师来不及多想，她像一团火焰，冲了进去。

村里人来了，救出了红叶老师和刘小丫。红叶老师怀里的刘小丫，裹着一床湿漉漉的棉被，安然无恙，她自己却被烧得面目全非。

红叶老师被村民送到了镇医院。后来，又转进了县医院。

五天后，刘岩和女儿来到了县医院，他们是来看红叶老师的，但是，没找到。医生说，她被人接走了，说是要转院。问转到哪儿了，医生说不知道。问是谁接走的，医生说是一个男人，不认识。刘小丫一只手在裤兜里摩挲着，当时就哭了。她的裤兜里，装着满满的红叶。

从此，红叶老师没再回过石岩村。

可是，刘岩他们一家三口，和红叶老师一样，一年四季穿都上了红衣服。

每到深秋，刘岩家整修后的木屋，前后左右，都挂满了一串一串的红叶。风一吹，就沙沙地，极温柔地响。家里遭了变故，刘小丫辍了学。刘小丫常常坐在屋檐下，面对那一串串的红，一片片的红，出神地看，出神地听。

村里人问，刘小丫，你在干吗呢？

刘小丫就说，我在听红叶老师讲课哩。

村长打人了

这天，天阴阴的，没有一丝阳光。冷飕飕的风，在村子里游走，遇到谁，就往谁的脖子里钻。如果不是有急事，非出门不可，李老三是不会出门的。李老三的头，缩进了竖起的衣领里，迎着冷飕飕的风，走得战战兢兢。他的脚下，那条走了几十年的小路，好像一下子变了，变成了一条河流，一条结了冰的河流。

终于走进村长的院子了。

李老三停下脚步，有些迷离的双眼，透过同样迷离的风，看了看村长家虚掩的门。他的手，伸进了衣领，摸了几把左脸。尽管，他的动作很轻，但还是觉得有一种钻心的痛，在心底蔓延。早上，他站在镜子面前，仔细看过。三天来，他几乎天天看，可不管怎么看，那两块瘀青好像和他较上了劲儿，固执地扎根在浮肿的左脸上，没有一点消失的意思。不能就这样算了，一定要讨个说法。李老三把心一横，走到门边，憋足劲儿，伸出了手掌。

门被推开了。门不痛不痒地吱了一声。李老三用的劲很小，他伸出的手，在中途一顿，力量就泄了。

村长一家围着火炉，正在烤火。

村长一看，是李老三，点了一下头，示意李老三进去。

李老三的脖子一挺，把头从衣领里顶了出来。然后，慢慢走到了村长身边。

有事吗？村长坐着没动，只是翻了一下眼珠，看了一眼李老三。李老三指了指他的左脸，没说话。村长不明白李老三的意思，又翻了几下眼珠，看了几眼。也许，村长的眼睛累了，就不再翻，把仰起的头，低了下去。李老三蹲下身子，把头凑到村长的眼皮下，还是指着他的左脸，不说话。

有话就说，有屁就放。村长不耐烦了。

你自己说，咋办？李老三也有气，但他忍着，尽量把声音放得很低。

村长定睛看了看，明白了李老三的意思。村长说，关我什么事？

不关你的事？你打的，你忘了？李老三再也忍不住了，火气直往脑门上蹿。

村长“呼”的一声站起来，面对李老三，笑了，笑得有些瘆人。村长本来就长得牛高马大，再这样一笑，李老三就虚了，他往后退了一步，再看，村长还在笑，又退了一步。

这几天，我简直遇到鬼了。我再次告诉你，你的脸，与我无关！你马上——滚，给我滚。村长气急败坏。

村长对李老三的态度，是过了些，有些不合身份，但村长自有村长的理由。要怪，还是怪他李老三，不识时务，偏偏这个时候找上门去。

前不久，有人写了一封检举信，寄到了县里。内容大概与村长有关，与扶贫款有关。前几天，镇上成立了调查组，专门来村里调查了两天。为这事儿，村长的女人在村口那棵柳树下，骂了一天一夜。幸好她的嗓子骂哑了，不然还得继续骂下去。骂的那些话，很难听，牛都踩不烂。村长呢，有事没事，就黑一张脸，在村里转悠，看人的眼光，也有一些异样。听村里人说，村长放了狠话，要让举报的人不死也脱层皮呢。

前面的事还没了，现在李老三又找上门来了，你说，村长还有好脸色？可李老三铁了心，村长叫他滚，他偏不滚。于是，村长就用一双大手，毫不费力地把李老三请到了门外。

李老三像一根桩，杵在风中。

走吧，回家吧！不知过了多久，李老三突然听到一个声音说。许是站得久了，他的耳朵冷木了，敏感度就差了，竟然不知道说话的人是谁。他转过头，一看，原来是老伴来了。

李老三朝着村长家，吐了一口，然后就跟着老伴，一声不吭地，回家。

在路上，老伴说，知道你胆小，叫你别写那封信，你不听，现在如何，把自己都整疯了吧？

李老三像没听见一样，战战兢兢地走着自己的路。他的脚下，那条小路，他走了几十年，好像一下子变了，变成了一条河流，一条结了冰的河流。

你呀，做梦都说村长要打你，别人哪儿打你了嘛，你冤枉村长了。老伴又说。

真没打？李老三还是不信。

真没打！老伴肯定地说。

那，我脸上的伤，哪儿来的？李老三说。

你呀，真是撞邪了。明明是你自己半夜爬起来到处跑，在门上碰的，你真忘了呀？老伴说完，把手伸到李老三的额头上，摸了摸，又说，你，是不是脑子碰坏了？

李老三抠了一会儿脑壳，突然说，我想起来了，那天晚上在梦里边，村长追着打我，我于是就跑……你说，不找他，找哪个？李老三指着自己的脸，还是有些气愤。

突然，风大了些，也更冷了些。李老三一缩脖子，他把整个头，又装进了衣领里。

断墙下的影子

小兵家修了新房，搬走了，留下了一面断墙。断墙一人多高，墙上墙下，长满了蒿草。

断墙不远处，正对面，就是石头的家。

石头经常站在屋外，看那面断墙。有几次刮风下雨的黄昏，石头看见，那面断墙晃了又晃，差点倒下了，结果，等风雨之后，那面断墙还是站得好好的，一点也没有要倒的意思。

石头知道，那面断墙终究是要倒的，但什么时候倒呢？石头有石头的想法。

有一次，石头看见了断墙下的一个影子。那个影子，很像小兵。一年前，石头认识了一个女孩，叫小芹，是邻村的。小芹长得不错，白白净净的，很秀气。石头就在小兵面前炫耀，说小芹如何如何的好，把小芹捧上了天。小兵不信，石头就把小芹领到了小兵面前。就这样，小兵和小芹认识了，小兵还撇开石头，和小芹谈起了恋爱，还结了婚。

小兵从断墙下走过的时候，石头就像巫师一样，嘴里不停地念叨着，倒，倒，倒。断墙很听石头的话。石头看见，断墙突然“轰”的一声，倒下来了。然后，那些土块和腾起的尘雾，把小兵一下子吞没了。石头还看见，应该属于他的小芹笑吟吟地，向他走了过来。石头有些不敢相信自己的眼睛，他使劲地揉了揉，接着就失望了。

那面断墙，像示威似的，照样好端端地站在他的不远处。

后来，石头几乎天天看见小兵，看见小兵在断墙下经过的影子。有时是早晨，有时是中午，有时又是傍晚。每次看见，小兵总希望那面断墙倒下来，断墙像明白他的心意似的，就“轰”的一声倒了，不过，等石头再次面对断墙的时候，断墙还是那么一如既往地立着。

石头明白，断墙根本就没倒过，一次也没有。

这天中午，石头又看见了小兵。这次，太阳很大，断墙投下了一片阴影，小兵就走在那片阴影里。也许，是小兵走得急了，累了，他居然在那片阴影里停了下来。

他是想歇凉呢！石头想。

石头转身进屋，从屋后出门，一路小跑到了房子右侧的小路上。他怕小兵发现了，就埋伏在路边的草丛里，伸出半个头，侦察情况。他看见，小兵背对着他，还待在那片阴影里。他弓着身子，放轻脚步，像兔子一样窜上小路，一口气跑到了断墙的另一边。

这边，是石头；那边，是小兵。

石头满头大汗。石头勾了食指，在额上横刮了一下，然后一甩，就把刮在手指上的汗水甩到了地上。石头觉得不解气，他又在下巴上重复了一次。两次之后，石头舒服多了。

石头站在断墙下，嘴里不停地念叨着，倒，倒，倒……

不知念了多少遍，断墙却纹丝不动。

石头抬起头，深深地吸了一口气，然后，紧抱了双手，朝断墙撞了过去。

断墙晃了两下，又站稳了。石头后退了几步，再次撞了上去。

断墙“轰”的一声，终于倒下了。

石头跨过断墙，等尘雾散了，就在土块中找小兵，找了几遍，都没有找到。

小兵消失了，终于解了心头之恨，石头暗暗高兴。

过了两天，小芹还没来找石头，石头等不下去了，就主动去找小芹。石头找到了小芹，同时还看见了小芹身边的小兵。小芹和小兵，正在院子里乘凉，你一句我一句的，说得热火朝天。

小兵，你，还活起的呀？石头很意外。

小兵白了他一眼。

你家老房子，断墙下面，不是你？石头说。

我从不走那下面。小兵的话，把石头惊得说不出话来。

石头蔫蔫地回家，经过断墙的时候，他看都没看一眼。从此以后，他也再没有看那面断墙的欲望了。

也许，是因为断墙已经倒了，他想看也看不到了。

大牙

张超掉了一颗牙，一颗大牙。

那年，张超读高中，镇上有一家网吧，张超迷上了网络游戏，成天不上课，泡在网吧里。老师拿他没法，就让人带信，把他父亲请到了学校。父亲一听张超的表现，气得不行，就去网吧将张超揪出来，一顿暴打。父亲的拳头像石头一样坚硬，打得张超满地打滚。其中一拳，砸在了张超的腮帮上，张超的一颗大牙就掉了。张超猛地站起来，“叭”的一声，一口血水吐在手心，一把将大牙紧紧握着，目露凶光，盯着父亲。看着张超满嘴的血，父亲心软了。父亲说，你这书没读头了，跟我回家。回家就回家。张超吼了一声，甩下父亲，就回家了。

从此，张超恨上了父亲，从不主动和父亲说一句话。张超把那颗大牙用一片布巾包了，放在箱底。没事的时候，他就取出来，慢慢打开，摊在手心，看一阵子。每看一回，张超的恨意就深一层。

这天，突降暴雨，天气很凉爽。吃午饭的时候，父亲拿出一瓶酒，说，喝两杯吧。父亲是对张超说的，张超不说喝，也不说不喝。父亲已经习惯了张超的沉默，也知道张超没意见了，就转身取了两个杯子。父亲喜欢喝酒，自从张超辍学那天起，就喜欢上了，只是天气大了，热，才喝得少。张超跟着父亲，也学会了喝酒，更多的时候，是父子俩你一杯，我一杯，不停地喝，都不说话。

张超帮母亲把菜端上桌，父亲已经倒上了酒。父亲端起酒杯，看一眼张超，说，喝。张超端起酒，头一仰就倒进了嘴里。

慢慢喝。母亲劝张超，然后看一眼父亲，父亲说，喝醉了，正好睡觉。

于是，父子俩就喝上了。

没多大工夫，一瓶酒就见了底。

父亲醉了。父亲摇摇晃晃走进里屋，一头倒在床上。睡到半夜，张超突然被父亲叫醒了，父亲喷着酒气，说，你到外面去，这儿我睡吧。张超看了一眼父亲，犹豫了一阵，不情愿地到了外面。外面是一张凉床，张超光着身子睡下去，一股冰凉的冷意倏地传遍了全身。张超睡不着了，他听着外面哗哗的雨声，父亲隐隐约约的鼾声，又想起了他那颗大牙，被父亲一拳打掉的大牙。

不知过了多久，张超迷迷糊糊听到"轰隆"一声巨响。他一骨碌翻起来，接着就听到了母亲的哭喊声。张超跑进里屋，发现他刚才睡的床上，多了一块大石头，风和雨，从瓦房上的窟窿里灌进来，势不可挡。母亲站在另一面，推着石头，喊着父亲。父亲痛苦地呻吟着。

张超又想起了那个梦。

前几天，张超梦见自己大牙掉了，掉得一颗不剩。在乡下，有一种说法，梦见掉大牙，会有孝服。说白了，就是家里要死人。这个，张超听人说过。当然，张超不希望家里死人，但恍惚之间，他又想让这个梦成为现实。现在，这个梦的征兆出现了，张超的心里，又多了一种怅然与沉重。

快帮忙啊！母亲喊。

张超回过神，马上跑过去，帮母亲。费了九牛二虎之力，石头推开了，父亲被救到了凉床上。父亲的双腿血肉模糊。母亲找了人，连夜把父亲送到了镇医院。

镇医院条件有限，他们进行了简单的救护，又把父亲送进了县医院。

父亲从手术室推出来时，已是第二天中午。

父亲昏睡着。张超和母亲守在床边。

你爸说过，我们的房子在悬崖下面，很危险，他早就想搬走了，但没钱。前些年，要供你读书，这两年存了些，还不够，哪知他……母亲说不下去了。

昨儿晚上，他把你叫到了外面，自己怎么就那么糊涂呢？母亲停了停，又说。

可能是酒喝多了。张超想说，但他没说。他在想，如果不是父亲，那么躺在病床上的，就应该是他了。

是父亲救了我。张超喃喃地说。

一直到傍晚，父亲才醒过来。

父亲看着娘俩，说，你们，没事吧？

娘俩摇头。父亲就笑了。

父亲指指张超，又指指身边的床沿。等张超坐到身边，父亲又说，我知道，你恨我，恨我打掉了你的大牙，其实，我当父亲的，心里也苦啊。儿子不成才，还和父亲成了仇人，你说，这日子，还算日子吗？你也不小了，我想你应该理解的。

别说了，好好养伤吧。张超像突然长大了似的，握住了父亲的手。

一个月后，父亲出院了。父亲没了双腿，是被张超背回家的。父亲不让，父亲说，你不能这样累自己，还是坐车吧。张超不肯。家里的余钱用光了，还借了一屁股债，现在张超身上的钱已经不够车费了。这些，张超藏在心里，没说。他活动了几下身子骨，夸张地说，凭我的力气，怎么会累？你信不信，我不歇气就把你背进屋。吹吧，你小子。父亲在自己爽朗的笑声中，躺到了张超的背上。

回到家，张超就打开箱子，拿出那个裹着的布团，把它扔进了炉灶里。

父亲问，你烧的什么？

张超没说是大牙，他看着父亲，只是笑。

张超没说，父亲也知道，布团里包着一颗大牙。

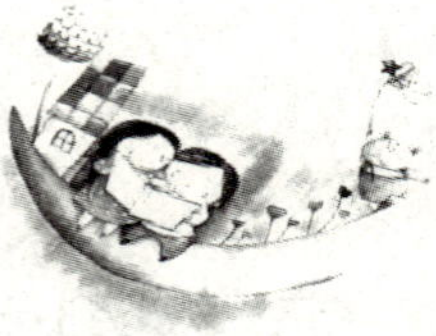

幸福的长辫

三婶有两条长辫子，一直拖到脚后跟。头发散开来，青青秀秀的，像黑色的瀑布。

三婶的头发，把三婶烘托得很好看。但是，头发长了，做什么都不方便。比如，三婶要洗个头，得换好几次水，不然清洗不干净，这一洗下来，少说也要个把小时。有一次，三婶正在洗头，三叔先下田收稻子去了。走的时候，三叔叫三婶快点，结果三叔在田里左等右等，等不到三婶。三叔骂骂咧咧地回家，见三婶还在摆弄她的头发，气不打一处来，便一把拽住，把三婶摔在了地上。马上给我剪了。三叔吼。三婶爬起来，拍着头发上的灰尘，心疼得直掉眼泪。

头发，是三婶的命根子，她怎么舍得剪呢？三婶说，四娃子，你自己说过的话，忘了？要我剪头发，你先去跳鹰嘴岩，然后再说。四娃子是三叔的小名。结婚前，三婶很是犹豫。三叔知道她是担心嫁给自己，保不住长发。三叔就发誓说，你的头发这么漂亮，我也舍不得啊。要是说话不算数，我就从鹰嘴岩跳下去，摔死算了。说出的话，泼出去的水，三叔不再吼了。他只得挤出一丝笑容，讪讪地说，别当真，开玩笑的嘛。

可是，三婶的头发，终究还是剪了。

那一年，三叔在煤矿里出了事，虽然老板赔了钱，但那些钱像水一样，又流进了医院里。医到最后，三叔竟成了一个饭来张口，衣来伸手的废人。三叔有一个儿子，叫楚生，该上初中了，可家里没钱，找煤矿老板，老板又不给，三婶一筹莫展，只差撞墙了。

临近开学的一天傍晚，一个走乡串户的小商贩来到了村里。小商贩看见三婶，停下了脚步。三婶坐在房前的小路边，看着天空，发呆。小商贩绕到三婶背后，放下担子，拿出一把尺子，对着三婶的长发，比划了一番。然后，小商贩说，大嫂，你这头发，卖吗？三婶不理，三婶还沉浸在她那一片迷茫的世界里。小商贩又重复了一遍，三婶才发现背后有人。三婶说，你说什么？小商贩耐着性子，再问，我说，你这头发，卖不卖？

不卖！三婶的话脱口而出。

小商贩失望了，慢吞吞挑了担子，走了。

小商贩的背影渐渐远了，三婶像突然明白了什么似的，连忙追了上去。

喂，你等等。三婶喊，你出多少钱？

小商贩等三婶站到面前，喘匀了气，才说，两百。

少了，你知道我这头发蓄了多少年吗？三十年了。三婶说。

那，三百吧，不能再多了。小商贩晃着三根指头，露出一口黄牙。

三婶想了想，无可奈何地答应了。小商贩放了担子，给了钱，拿一把剪刀转到三婶背后，握住长发的根部，一使劲，咔嚓一声，三婶的长发就到他的手里了。

三婶攥着钱，泪流满面。

失去了长发，三婶像失去了魂一样。一有空，三婶爱把辫子从双肩上慢慢提起来，停泊在胸前把玩着。现在，辫子没了，手里什么也没有了，可三婶还老重复着那些习惯性的动作，那情景让人看了心酸。楚生上学那天，跪在三婶面前，说，妈，求你别这样了，你的头发还会长的。三婶强作笑颜，故作轻松地说，不长更好，妈以后老了，也更省事了。楚生说，妈，要长的，以后我帮你洗，帮你梳吧。三婶听了，开心了一些，就笑了。

三婶一语成谶。

三婶的头发，像一下子失去了什么东西的滋养，再也长不长了。即使长出那么一点，也不再青秀，不再光亮，像干枯的稻草。也许，以后慢慢会长起来吧？三婶安慰自己。可过去了一天又一天，一年又一年，她的发质没有丝毫的好转。对镜自视，三婶狠狠地抓扯着头发，恨不得连根拔起。

三婶彻底绝望了。

楚生初中毕业那年，三叔就死了。那个煤矿老板在村里和镇里的干预下，良心发现，又给了一笔钱。安葬了三叔，楚生接着又上了高中，读了大学。可三婶呢？才四十几的人，背驼了，脸皱了，头上乱蓬蓬的，犹如顶着一个鸡窝，像一个邋遢的老太婆。

这天，楚生回来了。楚生回来的时候，三婶坐在房前的小路上，眼望天空，空洞洞的，什么也没有。三婶的双手，在胸前把玩着什么，一会儿上，一会儿下，动作轻柔而稳熟。楚生知道，三婶又在把玩她曾经的辫子了。这些动作，已像刀刻一般，深深地烙在了楚生的记忆里。

楚生叫了一声妈，眼泪一涌而出。

三婶回过神，看见楚生，脸上立即生动了起来。

妈，这次回来，我要送你一件礼物。楚生说，闭上眼睛，不准看，偷看的是小狗。小时候，三婶和楚生捉迷藏时，楚生总爱这样说，现在还改不了。

三婶点点头，眼睛慢慢合上了。

楚生从包里捧出两条长长的又黑又亮的辫子，走到了三婶背后。一阵摆弄之后，长辫长在了三婶的头上。然后，楚生轻轻地把辫子提起来，盘在了三婶胸前。

可以了。楚生说。

三婶睁开双眼，第一眼就看到了辫子。突如其来的幸福，像一个巨大的水涡，一下子就把三婶吞噬了。

有了长辫的烘托，三婶一下子年轻了许多。

继 父

明天，我就要出嫁了。

父亲早早地穿上了新衣服，拉着母亲的手，看着我，一言不发。父亲的眼里，满是依恋。

爸，放心吧，我会经常回来看你们的。我说。我们围坐在火炉边，我伸出手，在父亲的手背上，轻轻拍了拍。外面的夜风呼啸着，把阳台外铝皮做的雨棚吹得很响。父亲看了看窗外，像害怕什么似的，一把抓住我的手，紧握着，我的骨头便幸福地疼痛了起来。

把女儿的手弄痛了。母亲白了一眼父亲。父亲慌忙缩回手，对我歉意地笑了笑。

突然，外面的风没有了。父亲侧耳听了听，然后，又急急地跑到窗边，拉开窗户，探出了头。看了一会儿，父亲回转身，对我和母亲比划说，这天，要下雪了。

父亲来自山里，天气看得准。

父亲是我的继父，自从有了他，母亲也爱出门了，比如散散步，串串门什么的。有时，天气不好，母亲担心会下雨，他便叽里呱啦比划说，有我在，不会的。开始的时候，母亲半信半疑。后来几经证实，这话所言不虚，母亲就信了。

小时候，我不喜欢继父，不叫他不说，还经常胡乱地给他比划一些手势，捉弄他。那些手势是什么意思，我自已也不知道。

慢慢长大了，懂事了，母亲才告诉了我事情的真相。

原来，母亲也是山里人。十岁时，母亲和他按农村风俗定了亲。随着年龄的增长和长久的了解，他们的感情与日俱增，最后发展到了谁也离不开谁的地步了。可是，外公为了让母亲做一个城里人，不顾母亲的反对，硬是把她嫁给了县城一个病歪歪的残疾人。母亲的出嫁，把他击垮了。他不吃不喝，成天一个人坐在山坡上发呆，没几天就病倒了。有一次，他吃错药，便成了哑巴。一个哑巴，在乡下是找不到女人的，我的亲生父亲病逝后，母亲就把他接到了县城，成了夫妻。那时，我只有七岁。

母亲说这些话的时候，流着泪。我理解母亲的心情，也被他对母亲的感情感动着，想起他下苦力供我，养我，送我上大学的那些点点滴滴，我竟然很自然地把他当作父亲，叫他爸爸了。

果然，父亲说准了。父亲的话还没落脚，天空就开始飘起了雪花。那雪，越下越大，漫天飞舞。

父亲一直站在窗边，他趴着身子，手臂长长地伸了出去。要不了多久，他的手上就摊着一层厚厚的积雪了。父亲看着手心的雪，很是焦急。雪，像理解父亲似的，慢慢化了，从他的指缝间滴答而下。但是，外面的天空，雪仍然下着，不知疲倦地。

爸，来坐吧，这儿离酒店近，明天走路去。我说。

不，要婚车来接！父亲三五几步走到了我和母亲面前。

好吧，依你的。母亲站起来，把父亲按在了凳子上。

父亲坐下来，心不在焉。父亲一个晚上，几乎没怎么睡觉。

睡梦中，我一次次被父亲的走动声惊醒。有一次，夜很深了，大概是半夜吧，我又醒了。我听到父亲踏踏的脚步很急切地响进了卧室，跟着，母亲嘟囔了一句什么。父亲拉亮了灯，母亲像完全清醒了，明白了父亲的意思，嗔怪说，关灯睡吧，别影响了女儿。可是，父亲没睡，他的脚步又响到了窗边。不知过了多久，迷迷糊糊中，我看见，父亲卧室的灯再次亮了，同时，父亲跺脚的声音也响了起来。在父亲响亮的跺脚声中，我不知不觉温暖地睡着了。

第二天早晨，我起床一看，雪停了，天地间一片银白。楼下一些大人、小孩在雪地上笨拙地疯着，积雪淹没了他们的小腿肚。母亲站在我身边，我没看到父亲，就问，爸呢？

昨晚，他一夜没睡，不是说雪小了，就是说雪大了，天不亮就出了门，说是去扫雪。母亲说。

走，我们去看看他吧。我急切地说。

我和母亲下楼，来到小区门前，立刻被眼前的情景惊呆了：脚下，是一条光洁的马路。马路两边，是高高的雪堆。马路尽头，是父亲蠕动的背影……我的眼睛渐渐潮湿了。

母亲挽着我，向父亲走去。远远地，我又看见，几个人把父亲围住了。走到父亲身边，我才发现，他们是几个记者。他们的镜头对着父亲，不断地问父亲一些比较高尚的问题。父亲不理他们，只顾埋着头，使劲地铲着地上的积雪。父亲的衣服湿湿的，不断地冒着热气。

大伯，你为什么出来铲雪，能说说吗？一个记者不甘心，想从父亲嘴里掏他们想听的话。

大伯，你为我们市民做了榜样，请你给大家讲几句吧。一个记者弯了腰，话筒对准了父亲的嘴。

也许，父亲是被问烦了，他呼地站直了腰，眼里喷出了火苗。突然，父亲看见了母亲和我，那些火苗倏地不见了。

旁边的记者，看了我们两眼，又喋喋不休地开始重复着刚才的话。

父亲真的火了，他扔下铁铲，叽里呱啦地叫了起来，双手不停地比划着。弄得几个记者面面相觑。面对父亲的手势，他们不懂。但我和母亲明白，父亲的意思是，别烦我，我女儿今天要出嫁了，我得把这路上的积雪铲完，不然婚车来不了。

我上前握了父亲冰冷的手，眼泪一涌而出。

吃 雪

这天，大雪，很冷。

杜太太站在雪地上，始终微笑着。纷纷扬扬的雪花白了她的头发，白她的衣服。慢慢地，杜太太蹲下去，伸出青筋突出的右手，五根手指深深插进雪里，抓起一把雪，对面前的男人说，你，吃雪吗？

男人摇头，男人说，不吃。

我吃。杜太太说完，一把雪就揉进了嘴里。杜太太的牙掉得差不多了，幸好，雪不用牙咬，自个儿慢慢化了，成了水。吃完一把雪，杜太太又抓了一把。吃完三把雪，杜太太就被雪水滋润得鲜活起来了。她的微笑，水灵灵的，像一碰就会涌出水来。

男人看得目瞪口呆。

杜太太站起身，拍了拍双手，对男人说，你走吧。男人就蹒跚着走了。男人一步一回头，对杜太太说，你再考虑考虑吧，我是真心的。杜太太没说话，只是使劲地挥手，很坚决的样子。

杜太太的丈夫已经死了十多年，很多好心人看她无儿无女，一个人生活得有些孤独，就张罗着给她找老伴。杜太太开初一概回绝了，后来实在不好拂了人家的好意，就半推半就有条件地答应了。她的条件是，见面可以，必须是冬天下雪的时候。每年下雪天，杜太太都会见上几个男人，但没一个男人愿意像她一样吃雪。不吃雪，其他的事儿就自然免谈了。

人们不理解，都说，杜太太这人，怪！

是啊，杜太太这人确实怪。就拿“杜太太”这个称呼来说吧。村里人从没有谁把一个女人叫做某太太的，而杜太太偏偏让人们这样叫她。

谁要是不这样叫，她心情高兴，就看你一眼，说，叫我杜太太；如果心情不好，她就不说话，只用眼睛的余光剜你，像仇人一样，让你下不了台。久而久之，人们都习惯了，都叫她杜太太了。

杜太太的丈夫姓杜，叫杜一虎。活着的时候住在村东。村东有一条河，叫巴河。河上，有一座古老的石拱桥。再往东，就是一条通往县城的公路。据说，杜太太就是从县城里来的，当然，这也只是据说，谁也不知道她是哪儿的人，是怎么到村里来的。很多人问过，问杜太太，不说；问杜一虎，也不说。

那年，天降大雪。

那年，饥饿像一条蛇，冰冷地缠住了村里的每一个人。父母都饿死了，杜一虎也挣扎在死亡的边缘。一天早晨，杜一虎坐在雪地上，大把大把地吃着雪。远远地，杜一虎看见，一个人影趔趄着步子，向自己走来了。杜一虎摇摇晃晃站起来，也趔趄着步子，迎了上去。

走着走着，两个人好像都用尽了全身力气，一屁股坐了下去。两个人之间的距离，不过一步之遥。

杜一虎努力地睁开眼睛，他看清了，眼前的人，是一个瘦得不成人形的大姑娘。她，就是现在的杜太太。

杜太太说，大哥，给点吃的吧。

杜一虎听到这话，竟然笑了笑，说，好啊，其他的没有，我请你吃雪。

杜太太怔了怔，说，那，我们吃雪。

杜一虎说，好，我们吃雪。

杜太太抓了一把雪，揉进了嘴里。杜一虎跟着抓了一把雪，也揉进了嘴里。

吃完一把雪，杜太太说，我们，要活下去。

杜一虎刚才吃过雪，吃得不少，听了杜太太的话，使劲地咽下一口雪，也说，我们，一定要活下去。

两个人吃了雪，哆嗦着，搀扶着，慢慢走向了杜一虎家的土坯房。

从此，杜太太就在村里住下来了。

后来，生活渐渐好了，有吃的了。杜太太还是盼望下雪。下雪的日子，她就和杜一虎一起出门，选一块雪地，像小孩一样疯玩。玩够了，就面对面坐下去，一边说话，一边吃雪，你一把，我一把，吃得贼欢。杜一虎死后，杜太太就一个人吃，每年都吃，一边吃，一边叫着杜一虎的名字。叫着叫着，就流下泪来，雪水和泪水，全让她吞进肚里去了。

这些，村里人都知道。但大家不明白的是，杜太太怎么就那样怪，怎么偏偏喜欢吃雪的男人呢？

现在，又一个男人走了。杜太太也不知道，她到底见过多少个男人了。男人的背影在雪光的映照下，把杜太太的眼睛晃得生疼。渐渐地，杜太太的眼睛模糊了。

不知不觉，一个冬天就这样完了。冬天完了，就是春天、夏天、秋天……季节不断更替，可杜太太还是老样子，还是一个人孤零零地生活着。

一天傍晚，又有人走进了杜太太的土坯房。

杜太太好像苍老了许多，不知什么时候，她已经拄上拐棍了。来人看着日渐苍老的杜太太，说，一个人住在这房里，连个说话的人都没有，杜太太你这日子苦哇。

习惯了。杜太太说。

我又给你找了一个，眼看又要入冬了，你再试试吧。你放心，我替你问过了，这个人说他也会吃雪。来人敞开嗓门，声音很高，生怕杜太太听不到。

真的吗？杜太太的眼睛亮了一下。

当然是真的，我怎么会骗你。来人说。

好吧。杜太太满心地答应了。

可是，杜太太等了一个冬天，没有下雪。杜太太一生中，也第一次没有吃到雪。

杜太太像丢了魂似的，喃喃地说，今年，怎么不下雪呢？

长在水里的桃树

在桠村，人们最喜欢的人，就数五宝了。

五宝是根叔的第五个孩子，前四个都是女儿，根叔很想有个儿子，一发狠，就砸锅卖铁生了五宝。

五宝的长相还可以，只是脑子不好使。读书的时候，每次考试，都是几分十几分，从没上过二十分。五宝的同龄人，一个个都上高中了，五宝还在读小学四年级，根叔脸上挂不住，一气之下，把五宝从学校拽回来，甩给他一把锄头，说，这书没读头了，跟我下地去！五宝憨头憨脑地看了根叔半天，仿佛才明白过来，他什么也不说，弯下腰拾起锄头，跟着根叔的屁股走进了地头。让根叔失望的是，五宝笨手笨脚，什么挖地、锄草、播种、插秧……啥都不会，不管根叔怎么教，还是不会。根叔没辙了，就不再管了。

五宝成了一个闲人。

成了闲人的五宝，爱整天背着手，挺着胸，在村子里东游西逛，这儿看看，那儿瞧瞧，那样子俨然一个视察工作的乡镇干部。

这天，五宝打二娃家门前经过，看见了根叔。根叔两只手，一手捏了一只鸡。那鸡，还在咯咯地叫着，挣扎着，一副极不情愿的样子。

爸，你怎么在这儿？五宝指着鸡，问根叔。

根叔左右看了看，压低声音说，小孩子别问，记住，你什么都没看见。根叔说完，急忙撒开腿，像兔子一样逃走了。

中午时分，二娃家闹开了锅。不到一支烟的时间，村里人全知道了：二娃家的两只鸡不见了。

不知是谁出的主意，二娃找五宝来了。五宝坐在村东的水塘边，塘里的水清亮亮的，一溜桃树倒映在水里，随着晚风漾起的水波无限风情地摇曳着。

五宝，你上午看见有人进过我家院子吗？二娃蹲下身子，看着五宝。

五宝呆呆地看着水里的桃树，不做声。

五宝，你看见过吗？二娃又问。

五宝，你很聪明，我知道，你一定知道的，你说，我家的鸡哪儿去了？二娃笑了。

五宝转过头，也笑，然后，他就说，是爸爸。

二娃的鸡找到了，五宝却挨了根叔一顿好打。可是，五宝好像没有吸取教训，那些偷鸡摸狗的事儿，只要他看到了，别人引诱他几句，他就乖乖地说了出来。为这，五宝老是被根叔打骂，甚至遭人报复，常常弄得鼻青脸肿的，但他总是改不了。

因为五宝，村里平静多了。

那些恨五宝的人，见报复没什么效果，就捉弄他。有一次，他们问五宝，三加二等于几？

五宝也不计较，高兴地低下头，认真掰着指头，嘴里念念有词地算起来。算了半天，才像发现新大陆一样，惊喜地说，等于零嘛！考他的人再也忍不住了，就大笑起来。笑声引来了很多人，五宝被围在中间，众星捧月一般。考他的人更得意了，接着问，五宝，你晚上和谁睡呀？

五宝想了一会儿，说，爸爸。

那，你妈呢？

这一次，五宝答得快。五宝说，也和爸爸。

你们三个人睡一床，脱衣服吗？

五宝正要回答，二娃站了出来。二娃指着考他的人说，你也太过分了吧？然后，二娃推着五宝，边走边说，自己回家去，别理他。五宝扭过头，固执地说，我不走，我还没回答哩。

一些人笑着摇头，一些人大呼小叫地喊着五宝，整个村子好像都快活起来了。

一晃，水塘边的桃树结果了，红红地挂在枝头，诱惑着村里的每一个人。桃树是五宝家的。每年这个季节，根叔都会丢下农活，天天守在树下。这个季节的五宝，好像给桃香迷住了似的，他从早到晚坐在桃树下，看着树上的桃，一动不动。

小时候，根叔会主动摘下桃，给五宝吃。五宝想吃多少，他就摘多少。现在，根叔死心了，对五宝不抱什么希望了，也不再给他桃吃了。五宝盯着桃，根叔总会说，看什么看，不准看。于是，五宝就不看，就看水塘，就看塘里的桃树和树上那些红红的桃。

一个夕阳西斜的傍晚，五宝再也忍不住了，五宝对根叔说，爸，我想吃桃。

不行，要卖钱。根叔说得很干脆。

五宝舔舔嘴皮，失望的目光再次洒在了水面上。

太阳像要回家似的，走得很快，没多久就不见了。天空中，只剩下一些淡淡的红晕。光线慢慢暗下去了，塘里的桃树和那些桃慢慢模糊了，不见了。五宝急得大叫了一声，叫的什么，只有他自己知道。根叔没听清楚，根叔只看见，五宝腾地站起来，伸出手，跳进了塘里。

根叔愣了一下，又犹豫了一下，还是跳了下去。

喝了一肚子水的五宝，得救了。得救后的五宝，像变了个人似的，开窍了，再也不憨了，不傻了。

久而久之，人们发现，五宝不再是以前那个五宝了。自然而然地，大家也不再像从前那样喜欢他了。

人与猴

阿三救了一只猴。

那天，风景区的游客倒不少，但阿三找不到下手的机会，没弄到什么油水。傍晚了，阿三饿得前胸贴到了后背，走起路来无精打采，好像风一吹就要倒的样子。突然，阿三的眼睛亮了。阿三在路边一个草丛里，发现了一个钱夹。钱夹里，钱不多，就两百多块，阿三高兴得什么似的，连忙抄小路下山，他要到镇里的“迎宾酒馆”去好好吃一顿。

阿三脚下生风，跳跃在下山的小路上。尽管，小路不好走，平时也少有人走，但阿三从小走惯了，如履平地。

在半山腰，阿三的脚步让一阵痛苦的吱吱声拽住了。阿三知道，那是一只猴的叫声。阿三喜欢猴。阿三沿着叫声寻去，就看到了一只猴。猴，躺在灌木丛中，口吐白沫，身子痉挛着，扭曲成一团。

阿三毫不犹豫地抱起病猴，一溜烟朝山下去了。

镇上，有一家私人诊所，医生是个中年女人，阿三认识。看见阿三抱一只猴闯进门来，中年女人就一把将他拉到内室，说，你怎么这样？让别人发现了，是要罚款的。阿三不申辩，只是说，快看看吧，这猴病了。

中年女人看了猴，说，中毒了。于是，洗胃、喂药……一番折腾之后，天就黑得很深了。小镇上的灯光，像遥远的星星，一闪一闪的眨着眼。

阿三抱着猴，深一脚浅一脚走进了“迎宾酒馆”。

小妹看见阿三，就笑嘻嘻地说，两天不见，以为你失踪了呢，我正要满街贴寻人启事了。阿三是酒馆的常客，和小妹很熟，每一次来都要和小妹开几句玩笑，说些似真似假的情话，这会儿，他把猴放在桌上，慢吞吞地说. 小妹，你再不嫁给我，当心要后悔了。小妹说，我后悔什么，你除了人，啥都没有，等吧，等你挣到钱了，我再嫁也不迟。好嘛，看来我只有让这只猴嫁给我了。阿三说完，接着说，老规矩，来四两老白干，一盘猪耳朵，一盘花生米，一个汤三两炒饭。

吃完饭，阿三付了账，除了猴的医药费，还剩百多块。阿三抱起猴，来到街上，买了几串香蕉，哼着谁也听不懂的歌，回家去了。阿三的家，离镇子不远。家里，就他一个人，他的父母病逝好些年了，要不，他也不会变成一个混混了。

第二天，猴便活蹦乱跳了，吃了香蕉，猴更有了精神。阿三学着猴的样子，从床上到地上，从地上到床上，不停地翻着跟斗嬉闹着。一人一猴闹得不可开交的时候，几个穿着制服的人走了进来。他们是风景区的保安。他们不由分说，上前抓了猴，转身就走。阿三上前阻拦，其中两人转身就把他推在地上，并踏上一只脚，恶声恶气说，阿三，你再敢偷猴，我们就把你这破房子拆了，不信试试。说完，还踢了阿三一脚。猴看着阿三，吱吱吱不停地叫着，挣扎着，尖利的爪子还在一个人的脸上抓出了一道血痕。

猴被箍得更死了，凄惨地叫着，一路远去了。

可是，出乎阿三意料的是，天黑的时候，猴又自个儿跑了回来。

第二天，风景区的保安又来了，把猴又给捉走了，又把阿三给扁了一顿。但猴像铁了心似的，又跑了回来。如是反复，景区也不管了，阿三便和猴成了相依为命的伴儿。阿三走到哪儿，猴就跟到哪儿。有时，猴站在阿三的肩上，做一些鬼脸，挑逗路人。更有趣的是，猴还喜欢上了穿人的衣服，学人走路，那人不人，猴不猴又憨又傻的样儿，能笑破人的肚皮。

有了猴，小镇似乎多了些快活的空气。

没多久，阿三身上的钱用完了，他看着猴，突然灵机一动，做起了一个耍猴人。他买了两张羊皮，一张猴头面具，做了一身猴衣。每天早上，他就出门，在街上和猴一起表演。有时，他们一起翻跟斗；有时，他们一起对打……活脱脱两只猴儿嬉戏着。不管表演什么，只要把观众逗乐就行。观众一乐，就给钱，五角、一块，有时多的时候，地上全是花花绿绿的零票，乐得阿三和猴儿一个劲地朝人行礼。

这天，猴累了，阿三让猴歇着。阿三脱了衣服，穿了猴衣独自开始了表演。这些天，阿三也累，但为了对付肚皮，为了挣更多的钱，早些把小妹娶进门，他不能歇。说实话，阿三很喜欢小妹，那些半真半假的玩笑话，可是他的真心话。

阿三表演得热火朝天的时候，来了一群人，他们把观众全赶走了。然后，对阿三说，这是省级风景区，你在这儿要猴戏，成什么体统？阿三管不了那么多，他白眼一翻，不屑地说，我要我的，关你们屁事。说完，“吱”的叫了一声，又自顾自要了起来。

那群人好像给激怒了，他们一使眼色，拥上前对阿三就是一顿拳打脚踢。不知什么时候，猴穿上了阿三的衣服，它瞅瞅人群，又瞅瞅自己的衣服，像明白了什么似的，竟然直起身子，像人一样走到阿三面前，伸出爪子，朝阿三的脸上抓去。看见突然出现的猴，几个人就停了手，站一边看热闹。

蓦地，猴一把抓掉了阿三的猴头面具，它一下子呆住了。

猴认出来了，他是阿三。

然后，猴一把抱住阿三，像人一样，哭了起来。

直立行走的羊

二蛋很无聊。

二蛋懒洋洋地坐在草坪上，看天。不远处，一群羊悠闲地啃着青草，不时咩咩地叫几声。几只羊吃饱了，就互相打闹追逐，疯成一团。

二蛋收回目光，看着羊。突然，二蛋想，如果羊和人一样，直起身子，两条腿走路，那该是个什么样子呢？二蛋为自己这个想法兴奋不已，他一跃而起，向羊走去。

二蛋的羊不是他的，是根叔家的。二蛋是孤儿，根叔见他可怜，就把十几只羊交给了他，管他吃穿。二蛋不小了，他的同龄人，都已成家立室了，可二蛋除了一间土坯房，啥也没有，没人看得上他。

根叔家的羊很听二蛋的话，二蛋毫不费力地捉住了一只羊。二蛋从腰上解下一根小指粗的麻绳，麻利地把羊的两只前脚捆了，然后牵了绳子，向前走了两步，再将绳子移到肩上，使劲一拉，羊的两只前脚就离开地面了。羊不习惯，跟不上二蛋的节奏，没几步就被二蛋拖着走了。听着羊声嘶力竭的惨叫，二蛋停下来，拍拍羊头，一声呼哨，提起绳子，让羊直了身子，一小步一小步地跟着他慢慢走了起来。

二蛋天天打着嗯哨，训练羊，乐此不疲。一只羊训练得差不多了，再换一只，不到半年工夫，他就大功告成了。不管是早晨，还是傍晚，只要他兴趣来了，撮了嘴，一声呼哨，羊们便全一齐前脚贴了肚皮，直起身来，咩咩叫着，昂首挺胸向前走。走几步，又一起恢复了原样。二蛋再一声呼哨，羊们又一齐直立行走了。如此反复，那简直就是村里的一道景观。在村里人的惊叹声中，二蛋那张黑黝黝的脸愈发地油光闪亮了。

羊们的每次表演，有一个人必定在场，她就是三秀。看着可爱的羊们，三秀指指点点，咯咯笑着。有时，她还走到羊身边，很可爱地抱着一只和她同样可爱的羊。二蛋不看羊，他只看三秀。

二蛋喜欢三秀。二蛋不敢说，他只能在心里喜欢。

三秀开心的事，二蛋自然乐意做。于是，二蛋每天放羊回来，都有意绕一段路，打三秀门前经过，有意停下来，让羊们表演。后来，不知二蛋从哪儿弄了个羊头面具，羊表演的时候，他就戴在脸上，跟着地上的羊一起咩咩地叫，逗得三秀又笑又跳，像吃了开心果。

二蛋出够了风头，根叔也跟着沾了光。

大家都说，根叔家的羊，有灵性哩。

根叔心里说，是哩是哩。嘴上，根叔却说，你们的羊也可以呀，不信试嘛。根叔知道，别人家的羊早试过了，但总是不尽如人意。有一天，根叔问二蛋原因，二蛋想让根叔高兴，就说，你家的羊有灵性呀，他们那些羊，看那长相都不行，哪能和你的比！这不是二蛋的心里话，他心里想的是，羊不是人，他们三天打鱼两天晒网，哪行呢？根叔听了，果然高兴，大大方方地给了二蛋三十块零花钱。

平时吃穿有根叔操心，一年四季和羊为伍，难得上一回街，没钱，二蛋不想。现在有钱，二蛋就不知怎么花了。攥着钱，二蛋的脑子里老是三秀的影子。

二蛋明白，他要给三秀买点什么。买什么好呢？二蛋想来想去，就想到了三秀那件花衬衣。二蛋觉得，只要三秀一穿上它，就更好看了。

又一个夏天要来了。二蛋掰着指头，想。

几天后，二蛋迫不及待地给根叔请了假，去了镇上。傍晚回来，二蛋手里多了一个包裹。

二蛋照样早出晚归，照样指挥着一群羊表演。

但是，二蛋身上多了一个包裹，心里多了一桩心事。

看到三秀，再一看周围的其他人，二蛋总是欲言又止。二蛋老是希望在路上遇到三秀，有一回，也确实遇上了，但二蛋把包裹递出去了，又胆小开不了口，连忙收了回来。

天，热了，二蛋都打上光胴胴了。

三秀呢，还没穿上往年那件花衬衣。

二蛋急了。

这天晚上，二蛋四仰八叉躺在床上，睡不着。到了半夜，村里没了人声、狗吠，静得死死的。二蛋听到了自己的心跳声，他使劲地按着胸膛，一骨碌跳下了床。二蛋摸着戴上了羊头面具，提了床上的包裹，一把搭在肩上，然后出了门。

二蛋抖抖缩缩踩一路月光来到了三秀家屋后，三秀房里的窗半开着，轻微的鼾声像夜来香一样，在这个夜晚颤动着，开放着。二蛋沉醉其中，迷迷糊糊从窗口爬了进去。月光，从窗口浩浩荡荡洒进了屋里。二蛋看清了蚊帐里三秀的脸、身子，他的一只手不知不觉伸进了蚊帐……

突然，三秀醒了，一声尖叫划破了夜空。

二蛋倏地缩回手，慌忙把包裹一扔，转身冲到窗边，两手一撑，从窗口一头栽了出去。二蛋的头一阵刺痛，几次撑起来，又几次倒了下去。这时候，一些人已经吆喝着，从各个院子里冲出来了。二蛋扯下摔碎的面具，抹了一把黏糊糊的脸，使出吃奶的力气，跌跌撞撞连滚带爬，躲进了根叔家的羊圈。

第二天，根叔找不着二蛋，只好自个儿放羊。等羊全出了圈，根叔就发现了地上的二蛋。二蛋已经死了。地上，是一摊乌黑的血，已然凝固的血。

在村里人风传二蛋死在根叔羊圈里的时候，三秀发现了屋角的包裹，打开一看，是一件花衬衣，和她往年穿的那件一模一样。

一只劳教的羊

老庚家有一只羊，一只老母羊。

老庚有一个儿子，叫小庚。小庚管那只老母羊叫二娘。

小庚出生那阵，他娘没奶，他饿，成天哭，哭个不停，哭哑了嗓子。家里穷，买不起奶粉，老庚和女人急得团团转。正好，他家一有只羊，刚生了羊崽。老庚突然计上心来，他在小庚哭的时候，端一个碗，挤半碗羊奶，让小庚喝。羊崽渐渐长大了，母羊的乳房渐渐瘪了，老庚怕小庚断了奶，就挤得更勤了。然后，再用土方法保存下来，一点一点给小庚节约着喝。就这样，小庚靠着羊奶活了下来。

从小，小庚就多病。小庚两岁的时候，一个瞎子打村里经过，吆喝着，算命啦，算命啦，前看五百年，后看五百年，不准不要钱。娘叫住瞎子，给小庚算了一命。瞎子掐着指节，叽里咕噜说了很久，听得娘直点头。回到家，娘就把小庚牵到羊圈边，点三炷香，对小庚说，有了这羊，才有你，是它救了你的命，你拜它做干娘吧。接着，娘就握了小庚的手，合拢，教小庚给羊打躬作揖。嘴里，还念叨着，保佑小庚肯吃肯长，不生三遭八难。从此，小庚就在娘的教导下，把一只羊叫了二娘。

小庚慢慢长大了，他真个把羊当娘一样侍候着。

放羊的时候，小庚总是挑草最嫩，路最好走的地方去。有时，羊出了轨，吃了别人家的禾苗，不管别人怎么生气，他也不让对方动羊一指甲。每过几天，他就会用盆子端了水，给羊洗一次澡。后来，羊也老了，他把羊牵出来，拴在院子里，自个儿上山把草割回来。他也知道羊闷，隔三岔五的，他就用背篓装了羊，大汗淋漓背上山，让羊慢悠悠吃饱了再背回家。夏天，他给羊打扇，驱蚊；冬天，他临睡时把自己薄薄的小棉袄给羊取暖，第二天一早再穿回身上。

有一天，村里一个外号叫冬瓜的人指着羊，问小庚，你叫它什么？

二娘。小庚脱口而出。

孝顺嘛，你真是它生的？冬瓜一脸的嘲笑。

不是，但它救过我的命。小庚说。

不对，你是它生的，你就是一只羊。冬瓜说。

小庚沉默了一会儿，说，你说是就是吧，我就是一只羊，关你什么事？

就关我事儿了，你是一只羊，那我们不也和你一样，变成一羊了？冬瓜耍横了。他说，过几天，我宰了它，让你的二娘见鬼去吧。

你敢，你宰它，我就宰你。小庚一步蹿到冬瓜面前，恶狠狠地说。

冬瓜吓了一跳，没了言语，悻悻地走了。

几个月后，小庚上高中了，路远，得住校，不能天天回家看羊了，他把羊交给了老庚和娘。临走时，他还不放心，看着羊磨磨蹭蹭不愿出门。娘说，它是你二娘，娘知道怎么照顾它，放心上学去吧。小庚就上学去了。不久，冬瓜的话也应验了，可是宰羊的却不是冬瓜。

那天，是秋末的一个日子。老庚在山上打柴，被村里的李主任寻回了家。路上，李主任说，乡长找你哩。老庚问找他干啥，他又不认识乡长。李主任说，乡长的儿子得了怪病，医院都医不好，听说有一个土方子，要十多年的羊角、羊心入药，找遍了全乡，就你有，他想高价买你的羊哩。老庚的心就颤颤地像被什么东西刺了一下，说，它是小庚的二娘，小庚不会答应的，我也不卖。老庚抽身想回山上去，继续砍他的柴。李主任拽住老庚的胳膊，说，这个是机会，你得抓住，一来可以和乡长拉拉关系，二来也可以卖个大价钱。你不存点钱，以后小庚读大学咋办？老庚不吱声，被李主任拽回了家。

乡长好说歹说，价钱出到了八百。李主任也在旁边一个劲地帮腔。村里听说老庚家一只母羊，卖到了八百，都好奇地聚拢来七嘴八舌地劝老庚，说一只老母羊市场价就几十块，现在乡长都出了天价，还不卖，是不是脑子进水了？再说，那不过是一只羊，又不真的是小庚的二娘。

老庚和女人犹豫了大半天，终究还是卖了。

李主任牵着羊绳，他打算给乡长送上门去。可是，不管他怎么使劲拉，羊的四蹄却紧紧抓住地面，不移动分毫。羊看着老庚和女人，凄惨地叫着。

无奈之下，李主任提了两只前脚，乡长提了两只后脚，把羊倒立着提走了。

小庚回来，一个人跑到他经常放羊的后山，大哭了一场。

天黑了，小庚还没回家，老庚就去找，没找着。

第二天下午，老庚才听说小庚昨天跑到乡上去，刺了乡长一刀，乡长还在县医院抢救。小庚被派出所抓了，送进了公安局。

后来的事就很简单了。

乡长救活了，老庚砸锅卖铁赔了医疗费，小庚进了劳教所。

老庚曾经收到一封小庚寄回来的信。信里，小庚说，他天天想他的二娘，天天做梦，梦见他真的变成一只小羊了，偎依在二娘的怀里……读着信，老庚就捶胸顿足，双手死死揪着自己的头发，喉咙像被什么堵住了似的，不能出声。

打工的女孩

这天，女孩是晚班。

女孩推着自行车出了门。

女孩住的那条街，路灯全瞎了眼，成了摆设。路面又窄又烂，骑自行车小心得像走钢丝，如果稍不留神，就会连人带车栽进一个坑里。白天，女孩骑得战战兢兢，更别说晚上了。晚上，女孩不敢骑，就推着走。

走出那条街，女孩眼前就亮堂了。女孩骑上了自行车。十一点多了，街上车少了，人少了，女孩骑得很快。

女孩骑着车，铃铛快乐地响着，她整个人也快乐得像要飞起来了。

突然，女孩的车慢了下来。女孩看见了一个老太太。老太太站在路边，茫然四顾，急得团团转。女孩在一家机械厂上班，一个月干下来也能挣一千多，女孩很知足。离厂子还远，女孩不能再耽搁时间了，女孩看了一眼老太太，她的车轻轻滑了过去。等她再回头，老太太已经模糊成一个影子了，可那个影子不是直立着，而是慢慢地歪在了地上。女孩犹豫了一下，转头骑了回来。

老太太捂着胸口，嘴巴大大地张着，就是说不出一句话。

女孩把老太太送进了医院。

女孩陪了老太太一个晚上。

第二天，老太太说，她住在儿子家，可儿子离了婚，也没个孩子，成天把她关在家里，总说外面不安全，不让她出门。她实在受不了，就一个人来到了大街上。城里的街看上去都差不多，她分不清东南西北了，更找不到家了，就急，一急老毛病就犯了。女孩听完，就安慰她，说，别急，你儿子会找来的。可等了一上午，还不见老太太的儿子，问老太太电话，她也不知道。于是，女孩跟着急了。误了一个班，不知扣多少钱哩，这且不说，要是被老板开除了，她又得重新找工作。女孩知道工作难找，她不想失去它。女孩没法，只得给老太太说，我到厂里看看，请了假再来陪你。

到了厂里，女孩被车间主任训了一顿。等女孩说明了原因，主任的眼睛就放光了。主任压低声音说，这事儿你就别管了，也不要给别人说，你是初犯，钱，不扣了。主任说完，急匆匆地走了。

女孩感激地点了点头，但她不放心老太太。一看时间，又该她上中班了，女孩只得上班。一下班，女孩就赶到了医院，可老太太不见了。医生说，让她儿子接走了。

女孩呆呆地站了一阵，苦笑着摇了摇头。

又一天晚上，女孩下了班，被门卫拦住了。门卫指着一辆小车说，王老板找你。女孩狐疑地看着向她走来的王老板，不知所措。

上车吧，我请你吃饭。王老板说。

女孩脸红了，女孩说，无缘无故的，吃什么饭呢？我不去。

去吧，还有你救的老太太，她是我妈。王老板说。

女孩吃了一惊，再沉默了一阵，说，好吧，你先走，我骑自行车。

车放在厂里，坐我的，我们一起去接上我妈，然后再吃饭。王老板说。

不，明天，我还得上班。女孩说完骑上自行车，一溜烟跑了。女孩承受不了身后那些暧昧的目光，她只想早些逃离。

王老板追上来，说了地点，就接他妈去了。

一顿饭吃完，老太太就喜欢上了女孩。临走时，王老板掏出一沓钱，对女孩说，这是你垫的医药费，收下吧。女孩数了数，说，我只垫了五百块。女孩数了五百，把剩下的递到了王老板眼前。王老板摆着手说，这都是给你的。王老板不收，女孩就把钱放在桌上，向母子二人告了别，出了酒店。

送送她吧。老太太看着女孩的背影，说。

王老板就冲着女孩喊，等一等，我送你。

我还是骑我的自行车吧。女孩回过头，扬着头回答。女孩手里的铃铛快乐地响着，她整个人也快乐得像要飞起来了。

女孩又骑回了她住的那条街。女孩想下车，身后突然有两束光柱不紧不慢地跟了上来。女孩想让路，可后面的车太慢，好像有意让她先走，有意给她照路一般。女孩就借着亮光慢慢骑，小心骑。街的拐角处，就是女孩租住的房屋。

女孩进屋了，那辆车突地一蹿，瞬间便没了影。

以后，女孩下晚班回来，总会遇上一辆车，一辆护花使者一样的车。

有了那辆车，女孩觉得眼前的路很敞亮，很安全，很踏实。

也许，车的主人也住在这条街上吧。女孩想。

其实，女孩不知道，送她的不是别人，是王老板。

车上，还有老太太。

老太太经常对王老板说，她只想看看女孩，看到了，她待在家里也就不那么闷了。

开花的墙

一个村子的人，能来的都来了，他们是来看大伟的。

大伟背靠墙壁，坐在床上，目光一动不动地停泊在窗外，迷茫得叫人心碎。那些安慰他的话，大伟早听腻了，听麻木了。一个麻木的人，和一段木头没什么两样。对一段木头说话，是一件痛苦的事，所以看他的人，大都来也匆匆，去也匆匆。

屋子里，突然静了，大伟麻木的神经反而像春天的花草一样，充满了勃勃生机。大伟知道，他的心底潜伏着一种渴望，渴望见到小雅。小雅是他的女朋友，在广州打工。那天，母亲说，给小雅打电话了，她说马上回来。等待中，大伟唯一做的事，就是面对窗口，看那一面墙，一面土墙。

土墙是庞二家留下的。村口有条公路，一直通往镇上。公路刚通车，村里人就像着魔似的赶着修新房，不到一年，两排高高低低的砖瓦房就把一段公路给挤瘪了。庞二是去年搬走的，自然的风雨，像一头吃泥的怪兽，一口一口，把土墙啃矮了，啃瘦了。墙身，布满了一道道深深浅浅的伤痕。大伟觉得自己还不如一面废墙，墙可以直直地立着，而自己，连床都不能下。

大伟多想站成一面墙啊！但大伟站不起来，他的双腿已经没了。

没有腿，也能站起来。母亲怀里抱着两根拐杖，对大伟说。母亲守在大伟身边，目光尾随着跟到了窗外。

一面墙有什么好看的，等开春了，二面坡的花才好看哩。母亲又说。

二面坡在村东，离村子有两里地。一到春天，二面坡就开始绿了，绿得又快又彻底。没过几天，一坡的绿里便冒出了星星点点的野花，红的、黄的、紫的……煞是好看。一个春天，各色野花，成片成片的，开得有序而热烈。每到这个时候，全村人就像疯了一样，他们躺在斜斜的坡上，再大呼小叫地滚下来，闹得天昏地暗。闹够了，采一把野花，插在头上带回家，让它们继续开放在家里，开放在枕边。有一次，母亲对大伟说，我喜欢这儿，喜欢这些花，才答应嫁给你爸的。以后，我老了，走不动了，你会扶我来吗？大伟说，我背你来，给你头上插好多好多的花。当时．大伟十岁。

现在，大伟二十二了，小时候的话，他还记得，可自己腿没了，走不去了。母亲好像看穿了他的心思，继续说，大伟，你是男子汉，给母亲说过的话，不能不算数。所以，你现在要做的事，就是用这两根拐杖，下床，走路。

妈，你别成天守着我，该做啥做啥，你放心，我不会再做傻事的。大伟双手抱头，哽咽着说。

好吧，我相信你。母亲说完，起身静静地看了大伟一会儿，然后就做家务活儿去了。

大伟又想起了小雅，都十多天过去了，她还没回来。看来，她是不会回来了。

去年春的一个傍晚，大伟和小雅在二面坡疯够了，大伟突然说，小雅，你嫁给我吧。小雅敛了笑，指着村口那两排新房，板着脸说，好啊，你哪天像他们一样把新房修到公路边去了，我就哪天嫁你。大伟失望到了极点，低声说，我也想，但是，钱呢？出去打工，挣啊。小雅的声音高了，还有一丝火气。我家的情况你知道，爸妈就我一个，他们也上了年纪，我得照顾他们。那你照顾他们哪，结婚这话就别再说了。小雅一把将头上的野花扯下来，扔在地上，气冲冲地回了家。小雅家在邻村，不远，半个小时就到了。

大伟无路可走，只得去打工了。大伟在一个建筑工地做体力活，才做三个月，他就不慎从修了一半的高楼上摔了下来，失去了双腿。大伟是和父亲一起回家的，一路火车、汽车，他寻死觅活地闹了好几次。回到镇上，父亲为了节约，不愿租车，就背着大伟回家。该过河了，伏在父亲背上的大伟，突然挣脱父亲的双手，向后一仰栽进了河里。父亲连忙抱住大伟，把他拖上了岸。父子俩水淋淋地抱在一起，号啕大哭。

回到家，父亲怕大伟再出意外，就让母亲成天守着他。

小雅是大伟的唯一希望，现在这唯一的希望没有了，大伟还有什么心思学走路呢？看了一眼床边母亲搁下的双拐，大伟的目光又走出了窗口，艰难地爬上了那面土墙。

在床上，大伟过了一个秋，一个冬；母亲抱着双拐，陪了他一个秋，一个冬。

这天，母亲说，春天来了，大伟，你就不想去二面坡，给我采一把野花吗？

妈，二面坡太远，我一辈子怕是去了了。大伟说。

去不了二面坡，就去土墙边吧。母亲指着那面土墙说，你看，那墙上开始绿了，说不定也会开花的。

是吗？大伟眼里的亮光一闪，又暗淡了。

妈养你二十多年，就求过你这一次。母亲说。

大伟不吭声，母亲又说，你好好想想吧。

第二天，大伟就拄着双拐开始学走路了。摔了跤，他也不让母亲扶，自个儿就着拐杖，身子一寸一寸上升，再上升……

有一天，大伟发现，那面墙绿了，没过几天，墙上竟然还钻出了三五几点野花。墙上开了花，但大伟只能走一丈多远。大伟急了。母亲说，大伟，别急，春天才开个头，还早。

十多天过去了，野花已经开满了一面墙。

大伟花了一个多小时，终于走到了那面墙边。这时，他发现，墙上的绿草、野花全是人工固定上去的。墙的底部，挂着一个纸牌，上面歪歪斜斜地写着：大伟的春天，请别采摘。

大伟身后的母亲，上前扶了大伟，直笑。笑容里，她的泪水在飞。

变脸

张黎突然有了一种失落，很深很深的失落。

刚才，张黎站在台上是何等的意气风华。只见他，头一扭，手一挥，黑脸、白脸、花脸、红脸，刷刷刷，刘德华、郭富城、周润华……十几张脸就变出来了，快得让人眼花缭乱。台下，掌声雷动，所有的观众一起高声喊叫着，刘德华，刘德华……现在，演出结束了，卸了妆，走在大街上，却没一个人认识他。演武生的李杰，演青衣的何蕾则被人围得水泄不通，老师长、老师短地叫个不停。没人理他，这也就罢了，更可气的是，有几个观众为了抢占有利地形，竟说他挡了道，骂骂咧咧地给了他一掌，把他推倒在地，差点磕掉了门牙。

青石板街面、清一色瓦房、街道两旁或红或白精致小巧的灯笼……古城的夜晚，一切都散发着一种古色古香的味道。这种味道，像来自每一扇门，每一堵墙的骨头里，如烟似雾，似有若无，让人恍如梦中。以往，张黎绝对有心情放慢脚步，把自己完全融进这种味道里，但今儿晚上，他没心情了。

张黎落寞地回到家，坐在桌边。桌上，五颜六色的脸谱冲他做着鬼脸。他随手拿起一张，摩挲着。妻子抱着儿子边走边抖，像驴拉磨似的，在他面前不停地转着圈。可是，半岁的儿子不领情，反而哭得更厉害了，哭得声嘶力竭。

儿子哭成这样了，你还有心思摆弄这个！妻子生气了，把儿子一把塞进了张黎怀里。

张黎什么也没说，他知道自己理屈。剧团工资低，他一个月五六百，除了房租、吃穿，还得给儿子买奶粉，即使一分掰成两半花，也不够。

有几次，妻子闹着要去找工作，他没答应，说，现在川剧的前景还不错，团里的效益会好起来的。闹过了，也就算了，妻子没当真，一心一意带儿子、做家务，让他安心做自己的事。功夫不负有心人，张黎现在成了变脸王，成了团里的顶梁柱，但工资却没涨一分。

儿子还在哭，一脸的鼻涕一脸的泪。妻子看不下去了，她抢过儿子，威胁张黎，你再不开窍，我明天把儿子扔给你，到广州打工去。顿了顿，又说，你看李杰他们，徒弟收得多，油水捞得足，哪像我们，穷得舔脚板灰。

可是，没人认识我啊。张黎终于松口了。

没人认识你没关系，知道你是刘德华就行。一听张黎的口气，妻子知道有希望了，说出的话也柔和了许多。接着，她又帮张黎出主意，明天，你戴着刘德华的脸谱，到街上去，边走边喊收徒弟，找你的人肯定成串串。

第二天上午，张黎戴了脸谱，成了刘德华，却磨磨蹭蹭不愿出门。妻子就抱了儿子，把他押到了大街上。

果然，张黎往街上一站，就被一群人围住了。人越来越多，还有人边跑边喊，刘德华来了。这一喊，引来了更多的人。密密匝匝的人，压断了半条街。开初，张黎还有些拘谨，面对七嘴八舌的问候，脸红筋胀的半天说不出个囫囵话。渐渐地，他就放开了。张黎第一次体会到了那种众星捧月的感觉。

有了第一次，就有第二次，张黎上街一次，他的徒弟就多了几个。十天以后，找他学变脸的就有三十多人了。这时候，张黎突然发现，他竟然不想揭下戴着的脸谱了。徒弟们见到他，不叫他张老师，叫他刘老师，有胆大的，连刘老师也不叫，直呼其名，叫他刘德华。家长们见到他，也这样叫。有时，把张黎弄得神情恍惚，以为自己真的就是刘德华了。

一天中午，张黎上完课，等徒弟们全走了，他指着脸，对妻子说，我怎么就想一直戴着它，不想揭下来呢？

想戴就戴吧，这张脸有什么不好，它能帮我们挣钱哩。妻子笑着说。

从此，张黎果真就常戴着，演出的时候，洗脸的时候，他才揭下来。

后来，他花一个晚上的时间琢磨出了一个小窍门，连演出的时候也不用揭了。洗脸更简单，反正有脸谱在外面，给刘德华洗了，也就相当于给自己洗了。

这天，徒弟们凑份子，在朋友酒家摆了一桌，给张黎过生日，几杯酒下肚，一个叫王岩的徒弟说，刘老师，你长什么样子，我们还没看过哩，你让我们看看吧。

张黎怔了怔，说，我天天就这样，你怎么没看过呢？

是啊，亏你说得出来，罚酒三杯。其他人随声应和。

可是，不管怎么说，你不是真正的刘德华啊，让我们看看吧。王岩固执地说。

张黎哦了一声，说，那，你说我不是真正的刘德华，那你说说，我是谁？他的眼睛里，涌出一种迷茫，雾一样。

听说，你叫张黎。王岩说。

是吗？我真不是刘德华？张黎眼里的雾更浓了，他妻子寻儿子去了。他儿子已满两岁，坐不住，自个儿跑外面玩去了。

取下脸谱，不就知道了。王岩说。

好像你说得也对。张黎喃喃地说。他伸出手，开始揭脸谱了。可是，不管他怎么揭，那张脸谱始终都揭不下来，好像原本就长在他脸上一样。徒弟们轮番上阵，想帮他揭下来，还是不行。王岩打开所有的灯，细细一看，这才发现他的脸谱已经长进肉里去了。

你真成刘德华了。王岩笑着说。

张黎没笑，他一下子哭了，就像一年前他儿子那样，哭得声嘶力竭。

两棵枣树

枣爷院子里，有一棵枣树。树皮苍老，像他的脸。

枣爷没儿没女，和老伴相依为命。

年轻的时候，老伴跟着父母逃难，父母在路上饿死了，她只身一人流浪到了村里。一天早晨，枣爷去放羊，在羊圈里发现了她。她已经瘦成了皮包骨，躺在那儿一动不动，像一个活死人。枣爷是刘财主家的长工，年纪不小仍是光棍一条，刘财主发了善心，便叫他背回去，说是给他娶的老婆。

有人瞅着刘财主远去的背影，说，他没安好心，明明养不活了，还假充好人。接着又有人劝枣爷别干傻事，不要上了刘财主的当。枣爷犹豫了一会儿，还是背上人一溜烟跑回家去了。

出乎意料的是，没出半年工夫，枣爷硬是把一个活死人救了回来。圆房那天，老伴说，我爱吃枣子，我们种一棵枣树吧。

就这样，枣树就种上了。

一晃，枣树结果了。红红的枣子挂在枝丫间，把枣爷和老伴的希望也映得红彤彤的。枣爷用竹竿敲下枣子，洗净，装在一个竹篮里，说，多吃点，生个胖小子。枣爷想要一个儿子，老伴也想。于是，老伴就猛吃，吃得脸上泛起一片红潮。

过了几年，老伴的肚子始终是风平浪静，枣爷也就死心了。见老伴不开心，枣爷反而安慰她，说，可能是你的身子饿坏了，不怪你。老了没人养你，我养。你看我这身子骨，再撑个几十年不成问题。枣爷一边说，一边拍着胸膛，拍得梆梆响。

这人，说老了就老了。枣树，也跟着老了。

老了的枣树，愈发青春，结的果子更红，更逗人。枣子成熟的季节，老伴就坐在枣树下，仰着头看那一树的红，呆呆地想心事。枣爷呢，朝身后墙角处望一眼，笑着说，我们出去走走吧。不由分说，枣爷挽上老伴的胳膊，向屋后的山坡走去。

院子里没人了，藏在墙角处的孩子们，拖着竹竿，叫嚷着一拥而出。

枣爷和老伴居高临下，看着孩子们忙碌的身影，听着从院子里飘出来的笑声，笑眯眯的皱纹里，盛满了陶醉。

有一天，一个男孩跑到枣爷面前，从背后拿出一袋枣子，说，枣爷，这是留给你们的。然后，他像变戏法似的，从背后又拿出一袋，说，这是留给你孙子的，我听爸爸说，你也有孙子哩。说完，男孩转身又跑回院里去了。

枣爷把两袋枣递给老伴，苦笑着说，留着吧，丰娃也该有五岁了。老伴机械地接过枣，眼里一片迷茫。

没有生育，老枣想抱养一个，老伴也答应了。刚好，邻村的有奎家四儿一女，家里穷养不了，就把四儿子李子抱给了他。李子三岁，能认人了，天天哭，吵着要回去，枣爷费了不少功夫才让李子心甘情愿留下来，叫他爸。李子20岁那年，有奎生活条件好了，就反悔了。他缠着枣爷说好话，要把李子领回去。村里人打抱不平，说，有奎要领李子回去，可以，但枣爷你不能便宜了他，得要他一笔抚养费。枣爷不以为然，说，这又不是买卖，我怎么能这样！最终，枣爷一分钱没要，亲自把儿子送到了有奎家。

李子结婚那天，枣爷没去，有奎也没请他。李子当爹那天，有奎也没请他，他却去了。枣爷和老伴看着孙子像接力棒一样，在众人手中传递下去，他们也想抱一抱，但一看有奎黑得像锅底的脸，就不敢了。

听了男孩的话，看着老伴的神情，枣爷知道老伴也想孙子了。于是，枣爷说，别想了，走吧。老伴没作声，枣爷又说，要不，我们去看看？老伴说，算了，回家吧。回到院子，孩子们早走了，树上的那一片红淡了，地上一片狼藉。

第二天，枣爷又带着老伴不失时机地出去了。如此这般，直到一树的红，完全消失。

一年又一年，孩子们渐渐大了，更小的孩子来到了枣树下。孩子们很懂事，总会挑出两袋又大又红的枣，送给枣爷。

这年夏天，75岁的枣爷，突然病了。

枣爷拉着老伴的手，说，我如果有个三长两短，你要照顾好自己。老伴说，你不会有事的，你说过，没人养我，你养，你说话要算数。但是，枣爷还是走了。临走时，他哽咽着说，我死了，把我埋在枣树下。那些枣子，有机会给丰娃捎去。

于是，枣树下，多了一座坟，埋着枣爷。

枣爷出殡那天，给李子带话去了，但他没能来，他打工去了。有奎来了，还送了一个很大的花圈。有奎走的时候，枣爷的老伴把他叫进屋，打开一个木箱，说，枣爷临终吩咐，要把这些枣给丰娃，你带回去吧。有奎一袋一袋拎出来，一数，竟有15袋之多。那些枣子，呈黑红色，都已经干了皮，瘪了。

有奎怔怔地看了好一阵，才说，等李子回来，我叫他过来接你，他毕竟，也是你们的儿子。

不用了，我要陪枣爷。老伴抹着泪说。

又到枣子成熟的季节了，却没一个孩子走进枣爷的院子。他们远远地站着，只是看。慢慢地，一树的枣子，全掉了下来。枣爷的坟上，便铺了一层厚厚的红。

第二年春天，枣爷的坟上，竟然长出一棵树，一棵枣树。

偃月刀

黄江是川剧团的当红红生，因专演《单刀会》中的关羽而闻名。

黄江长得高大威猛，举手投足自有一股英武之气萦绕在眉宇之间，久久不去，再配上关公髯、青龙偃月刀、红马鞭和一首“大江东去……”把关羽演活了，演绝了。

每次演完，应该刀枪入库了，但黄江却不愿放下手里的偃月刀。

第一次，黄江卸了装，攥着刀把转身就走。后勤人员拉住他，含蓄地说，黄老师，已经散场了，你还提着刀干吗呀？黄江板着脸，回答，我是关羽，这刀是我的，当然要带回去。可是，团里没有先例呀，还是我们保管着，下次演出再给你就是。后勤人员挑明了话，黄江呢，一点也听不进去，非要带走不可。双方就这样僵着，最后还是团长解了围。团长说，你要带就带吧，可不能弄丢了，弄丢了是要赔的。不会丢的，他是我的命根哩。黄江高兴地应了一声，哼着“水涌山叠，年少周郎何处也？”一溜烟回去了。从此，偃月刀便成了黄江的私有。

偃月刀，是关羽的化身，也是他黄江的化身。一天到晚，黄江与偃月刀形影不离。上班下班，他一路带着；有时在外面吃饭，他也把刀放在身边；晚上睡觉，他就把刀放在枕头边，眼睛看着它入睡。黄江成了一个真正的枕戈待旦的将军，一副随时出征的样子。这个将军，就是关羽。

有人说，黄江演关羽，不能自拔了。

还有人说，黄江脑子不正常，出毛病了。

这些，黄江一概不加理会。遇到真正懂戏的人，他就说，他们不懂，要演活关羽，得用灵魂去接近他。

可是，关羽已经死几千年了，你怎么接近他呢？懂戏的人还是不懂。

他没死，在我心里活着。黄江笑了。

可是，这刀也不是关羽用过的刀啊！懂戏的人又问。

我当它是，它就是。黄江还是笑。

懂戏的人也就跟着黄江，似懂非懂地跟着笑。

有一次，黄江跟着剧团下乡演出，回城后团里的刘大姐便找到了他。刘大姐坐在他单身宿舍的床沿上，敲着床头的木板说，黄老师，你现在成名了，年纪也不小了，不会就跟着一把偃月刀过日子吧？

黄江抚摸着刀，只是笑，不知怎么回答。

这样吧，我给你介绍一个人，你看怎么样？刘大姐说。

谁呀，刘大姐？黄江收了笑，蛮有兴趣的样子。

团里的赵宁宁，演闺门旦那个，有印象吗？别人可是早就暗恋你了，不好意思说出口，怕你看不上。这不，就托我撮合来了。刘大姐说完，黄江想了想，记起来了，那个赵宁宁是他最忠实的崇拜者，有一次年终团里开表彰大会，她还代表团里给他献过一束花。赵宁宁没和他搭过戏，平常交往少，但黄江还是记得她爱笑，每次遇到她，总朝他笑，他也没往别处想，只当是同事打招呼。现在一想，原来如此。不过，话说回来，赵宁宁年轻漂亮，能看上他，是他的福气哩。当即，黄江便点头同意了。

三个月后，黄江和赵宁宁便扯了结婚证。结婚那天晚上，很热闹。黄江还在洞房里给闹新房的客人演了一出《单刀会》。等戏演完，已是凌晨2点了。客人渐渐散去，新郎新娘也该休息了，办正事了。

刚上床，赵宁宁就说，把你的偃月刀拿开吧，枕头上放把刀，怪别扭的。

黄江按住赵宁宁的手，说，不行，拿开了，我不习惯，也睡不着。

黄江的眼睛，不看赵宁宁，始终停在刀上。

那好吧，就放这儿。赵宁宁妥协了。但过了一会儿，她发觉不对劲了。于是，赵宁宁又说，你的眼睛怎么了？老看着刀。

黄江像没听见似的，突然唱起了“大江东去……”声音虽小，却唱得慷慨激昂。

黄江唱完，眼睛还是没收回来。赵宁宁便把他的头掰进了怀里。回到现实，黄江的另一种激情涌了上来。

可是，黄江到底啥也没做成，他像六月太阳下的茄子，整个人像没了骨头，蔫了。

也许是累了，明天晚上吧。赵宁宁安慰黄江。到了第二天晚上，还是不行。一连半个月，都不行。这一下，赵宁宁便来了气，穿上衣服，跳下床，顺势一把抢过枕头上的偃月刀，在膝上一折，便折断了。然后，又一把扔在地上，踏上脚踩了几踩。原来，你和这偃月刀一样，中看不中用。赵宁宁说完，打开门，像风一样回了娘家。

黄江坐在床上，一动不动，面如死灰。

从此，黄江像变了一个人，成天无精打采的。台不能上了，关羽不能演了，团里便让他到了后勤。

到了后勤，黄江一个人老是显得很茫然，老是嘀咕，我的刀呢？我的偃月刀呢？有人就指着新做的偃月刀，逗他，在那儿啊，该你上台了，快去吧！

黄江一颠一颠走过去，弯下腰，用鼻子闻几闻，摇着头说，不是我的，我是关羽，怎么会用这样的刀？

人们发现，那一个瞬间，黄江像变成了一个龙钟的老头。

醉酒

赵劭德喝酒，每天一顿，只一碗，一海碗。镇上的人都知道，他那不叫喝，像灌，像三伏天灌凉水，咕噜咕噜就下去了。镇上的人喜唱川剧，只要酒一下肚，赵劭德也会扯开嗓子，有板有眼地唱几句。几句唱完，他的脸便有了一种酡红。如果不过瘾，再唱几句，几句下来，他的脸便红透了，活像一只醉虾。

那时，镇上卖一种散酒，叫千杯不醉，是农村小作坊酿的，很便宜。有人曾戏谑说，千杯不醉？商贩兑了水，当然不醉。但到底兑了水没有，兑了多少水，已无从考证了。反正，赵劭德喝的就是这种酒，也从没醉过。

赵劭德喝酒，自己从不买，他没钱。没钱，但有力气，有了力气，便有了酒喝。镇上商铺林立，几乎天天有人家或装货，或卸货，只要往街上一站，赵劭德就能找到卖力气的地方。一般来说，没人主动请他，但他不介意，也不讲价，只把袖子一绾，便干起来了。干完，别人知道他的爱好，也不给钱，只给他舀一碗酒。也有人想出他的洋相，等他一碗喝完，就说，辛苦了，再来一碗。赵劭德一抹嘴，潇洒地一挥手，把碗扔进对方怀里，头也不回地自个儿乐去了。

赵劭德的命运，在他 28 岁那年的某一天发生了变化。

那天，巴河边的一溜儿杨柳刚吐出新芽。赵劭德才喝了酒，一路唱着川剧来到了河边。河边一棵柳树下，聚了一大堆人，一个一个穿得光鲜鲜的。看见赵劭德，有人就说，你们不是招一个演关羽的吗？我看，赵劭德正合适，连妆都不用化了。一个干部模样的人站起来，瞅着几步远的赵劭德。赵劭德扬着一张红透的脸，没停，还在唱，唱的正是《单刀会》中的词儿。

干部模样的人一拍面前的桌子，说，赵劭德，就是你了。

赵劭德走过去，问，干吗？

演关羽，干不干？

有酒喝就干。

好，说定了。干部模样的人说完，领着一群男男女女进了镇政府。赵劭德高兴地跟在后面，不时回头。他的眼里，全是那一溜柳树。他觉得，自己的生活，也像柳树一样，焕发生机了。

进了剧团，领导看赵劭德嗓子好，基本功不错，就送他到省里培训了一个月。回到镇上不几年，赵劭德的名气就大了，规矩也多了。每次演关羽，他都要把随身携带的关帝像挂在舞台里的幕布上，烧香叩拜。一炷香燃完，也就该他上台了。团里说话算话，不管到哪儿演出，都有他的酒喝，喝的当然还是那种“千杯不醉”。上台前，赵劭德倒出一碗酒，一仰头，“哗”的一声全灌进嘴里，等他一张脸红透了，也就刚好轮上他的压轴戏了。

这天，赵劭德在椏村唱戏，这是一个夏天的晚上，台上吊着一盏汽灯，明晃晃的，如同白昼。刚唱完，就有人喊，赵劭德，你老婆来了。这是玩笑话，赵劭德知道，他笑了笑，用眼光寻找二妞。二妞是桐村人，只要一有空，她就会跟着剧团，看赵劭德的演出。年前，他们才好上，还没结婚哩。人群中，二妞四处张望着，也在寻找赵劭德。

二妞，在这儿。赵劭德喊。

二妞几步跑到赵劭德身边，猴急急把他拉到偏僻处，说，听说你要调进县里的川剧团了？这消息赵劭德昨天才知道，二妞也跟着知道了，难怪她急。赵劭德没作声，算是默认了。你不会变心吧？二妞又说。怎么会呢？我演了这么长时间的关羽，起码的忠和义还是有的。再说，我也不是这样的人啊。赵劭德急忙表态。那好，我们马上结婚，然后你再进城，好吗？二妞的身子软软地靠在了赵劭德身上。可是，他们的婚终没结成。第二天，赵劭德就被县里催着去报到了。

进了县城，赵劭德还是喝酒，喝镇上的“千杯不醉”。每次喝的酒，都是春梅托人捎进城。春梅和赵劭德一同进的镇川剧团，两年前她进了县川剧团。曾经还有人给他们作过媒，但赵劭德没答应。

有天晚上演出之前，赵劭德拜了关帝，又端起了一碗酒，仰起了头。酒一进嘴，赵劭德觉得不对劲了。这次的酒烈，顺着喉咙流下去，像一把火，一直烧到了肚里。他的整个人，跟着变成了一团熊熊的火，他仿佛还听到了身体噼里啪啦燃烧的声音。赵劭德稳住心神，使劲压着上涌的酒气，这样一来，他的脸红得更快了，透出的红也就更深了。

一台《单刀会》唱完，赵劭德再也坚持不住了，他怕出丑，逃一样上了大街。春梅从后面追上来，把头重脚轻的赵劭德扶回了他的单身宿舍。

那一晚，赵劭德全醉了，嗷嗷地吐得人事不省。直到第二天晌午，他才完全清醒过来。醒过来的赵劭德一看，顿时惊呆了。他发现，一个女人紧紧抱着他一丝不挂的身子。这个人，是春梅。

赵劭德回过神，首先想到的是二妞。想起二妞，想起给二妞说过的话，他的脸便扭曲成一团，痛不欲生的样子。

和春梅结了婚，赵劭德就不再演关羽了。

有人惋惜，说你赵劭德演得好好的，为什么说不演就不演了呢。开初，赵劭德不做声，问得急了，他就说，我不配。

傍晚

小芹来了，小芹风一样卷着一团夜色。

小芹是巧巧的好朋友，无话不说的好朋友。

小芹来的时候，巧巧正呆坐在屋檐下。屋里，吊着一盏暗淡的昏黄的灯。

巧巧，对不起，今天我上王宝华家去了，他死不让我走，我说今天是你的生日，我一定要回来，我就跑回来了。小芹的话，放鞭炮一样，噼里啪啦的，震得巧巧的身子像筛糠一样，更像风中的树叶一样，不停地晃动着。

巧巧泪水大滴大滴吧嗒吧嗒地掉下来，砸在地上，一砸一个坑。

你怎么了？巧巧！小芹掰着巧巧的双肩，带着哭腔问。

妈妈走了出来。妈妈系着围裙，双手在上面不停地擦拭着。妈妈说，她今天就坐在这儿，傻了一样，荷包蛋都煮过三次了，就是不吃，这丫头。妈妈说着说着，也和巧巧一样，泪水大滴大滴吧嗒吧嗒地掉下来，砸在地上，一砸一个坑。

巧巧不会有事的，伯母放心吧。小芹说，我了解巧巧，她一定是想心事了。

巧巧看到小芹，果然说话了。巧巧说话前，先笑了笑，笑过后，才说，小芹，我知道你会来，你再不来，我差点把你的王宝华抢走了。

好啊，只要你喜欢。小芹说。

傻丫头。妈妈嗔骂了一句，转身端来刚煮好的荷包蛋，递给小芹，小芹慢慢地一点一点地喂巧巧吃了。巧巧本想自己吃，但小芹不让，小芹说，你今天生日，让我来吧，也好弥补我今天的罪过。

今天没陪你，你真的不会怪我？巧巧吃完蛋，小芹说。

不会的，巧巧握着小芹的手，吞吞吐吐地说，小芹，我今天想到王宝华了，一直想。这时的巧巧，终于明白过来了，王宝华是小芹的男朋友，自己从凌晨开始的想象中，和王宝华有关的细节，都是属于小芹的。小芹给她讲过了，她就记在了心里。

是吗？傻瓜，王宝华有什么好，你一定会找到一个比王宝华好百倍，好千倍的。小芹刮着巧巧的鼻子说，羞羞羞，想嫁人了，是吧？

你别哄我开心，我知道没人瞧得上我，我只不过是白日做梦了。不过，有梦总比没梦好。巧巧一根指头准确地刮上了小芹的鼻子。巧巧不用看，这样的动作她已经做过无数次了。再说，她想看也看不到。

巧巧是一个瞎子。

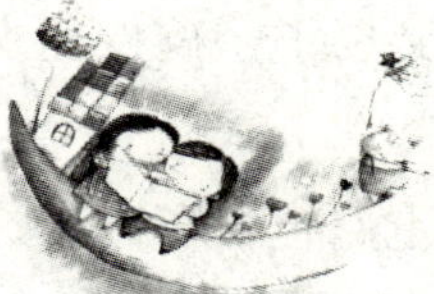

古城有家

麻爷一脸的麻子。

麻爷不能激动，不能生气，不然那些星星一样的麻子就会乱作一团，半天也归不了位，一张脸也就成了一块黑，显得有些滑稽，有些惨不忍睹。麻爷不想让自己的形象雪上加霜，唯一的办法只有躲了。

麻爷躲的不是别人，是他的儿子路明。

麻爷常去的地方叫松岭。松岭离家不远，一段斜坡就到了。那儿有一片松树林，像一道屏障，把烦他的那些话全拦住了。麻爷背靠着树林，坐在一块石头上，眼睛眯成线，游走在水墨画一样的古城里。古城，铺在对面翠屏山下的嘉陵江边，一大片高高低低的楼房簇拥着，在阳光中闪着无尽的诱惑，无尽的繁华。

这天，路明带着一家人浩浩荡荡地穿过树林，围住了麻爷。

爸，我们去要回来吧，不能丢了祖业啊。路明说。

是的，爷爷，现在城里房子金贵，要值几十万哩。孙子说。

麻爷叹口气，慢吞吞地回答，你们说我傻，说我窝囊，说我是个败家子，这些我都认了。我知道是我欠了你们，但要说收回房子，这可能吗？都几十年了，无凭无据的，谁理你？这个老脸我丢不起。

事在人为，你不去努力，咋个说不行呢？你老了，不想做城里人，我们想啊。孙子不由分说，蹲在麻爷面前，双手一捞，把麻爷捞上背，大步流星向古城去了。其他人跟在后面，七嘴八舌劝麻爷，说古城变化大了，麻爷好多年没去过了，让他去看看。

放下我，我有脚自己走。麻爷知道不去不行了，去就去吧，了却了他们的心愿也好。

桠村离古城不远，就十几里地。麻爷走得慢，等进得城里，已过晌午了。路明找了个小面馆，一家人围成一桌，吃了牛肉面，喝了羊杂汤。古城的特色小吃，麻爷很多年没尝过了，这会儿吃得满嘴生香，两片嘴唇咂得吱吱响。羊杂汤喝完了，麻爷又要了一碗，还吃了两瓣大蒜，额上吃出了一层细汗。

出了面馆，麻爷像年轻了许多，走路也快了。走过东大街，麻爷站在一个十字路口，不知往哪儿去。他直直腰，眼光在四周的高楼大厦上犹豫着。爸，走完那条街就到了，路明指着对面一条小巷说，我去过，都去好多次了。

小巷尽头，是一大片青瓦房，一溜红灯笼挂在屋檐下，一字排开，煞是好看。铺面一家挨一家，有开旅店的，有开茶馆的，有卖古玩的，有卖字画的……麻爷站在熙熙攘攘的人流中，踩着青石板街面，努力寻找着曾经那个家的蛛丝马迹。可是，他失望了。

爷爷，是这儿。孙子跑到一家店铺门口，喊了起来。

是的，就是那儿。麻爷身边的人随声应和，他们搀了麻爷，走了过去。

老板是一个瘦小的中年男人，整个人长得和他卖的工艺品一样精致。麻爷没开口，路明抢着说明了来意。男人一听，不恼，笑着说，房子是你们的，也行，得拿出凭据来吧，你们有吗？路明摇头。那还说个屁呀，走走走！男人推了路明一把。麻爷不退反进，走到柜台边，坐在凳子上说，年轻人，别急，听我慢慢说。

我知道你是谁。男人说。

知道我？麻爷笑了。

是的，你的故事谁不知道，你不就是麻爷吗？今天你说什么都行，就是不能说房子，房子是我的。男人说完，走进里屋，拿出个本本丢在柜台上，又说，你们看，这是房产证。

是啊，他麻爷，古城人谁不知道。六十年前，古城可不是这样平静，人们即使睡了，一只眼睛也不敢阖上。他们要盯着翠屏山上那盏灯笼啊。只要灯笼晃动起来，就知道小日本的飞机来了，得赶紧躲避轰炸。麻爷那时血气方刚，非要上前线不可。可麻爷是独子，父亲不同意。麻爷就一咬牙，悄悄在屋后墙角码了堆柴火。一天晚上，他看见翠屏山上的灯笼亮了，连忙叫醒父母，让他们躲了出去，自己折回家点燃了柴火。火光，成了飞机的轰炸目标，他家的房子被炸了个稀巴烂。他父母不知真相，终于下了决心让他参了军。反正城里过不安稳，他父亲屁股一拍，带着他母亲投了乡下亲戚。后来，麻爷负了伤，被一个当地人救了。伤养好了，还没等他找到队伍，日本鬼子就投降了。于是，麻爷就回到了古城。古城没了家，他跟着父亲住在了椏村，扎下了根。

一次酒后，麻爷说漏了嘴，他父亲知道了自家房子被炸，是麻爷做的手脚，气得差点吐血，直到死的那天还骂他是败家子。

现在，听了男人的话，麻爷说，有你们记得我，没这房子我也不后悔了。麻爷的笑依然挂在脸上。

麻爷站起身，对路明他们说，这下死心了吧，再说这事也是白费口舌，还是回去吧。他的儿子孙子们哪会罢休呢？麻爷又被架进了县委、县政府，可别人两手一摊，表示无能为力。

在回家的路上，一家人的枪口全对准了麻爷。麻爷一声不吭，默默走自己的路。

以后的日子，麻爷不好过了。没人问寒问暖不说，儿孙们稍有不顺心的事，就数落他，拿他当出气筒。有时实在听不下去了，麻爷也不管什么麻子，什么形象了，青筋暴绽地吼，老子就做乡下人，你们怎么着，有本事自己挣去。想靠我，做白日梦！这一吼，一屋子人就恨恨地噤了声。

有天晚上，路明突然发现好像一整天都没见到麻爷了，于是就找。麻爷找到了，他躺在松树林边，已然没了气息。这是个冬天，麻爷穿件单衣，双眼眯成线，望着古城。古城一片灯火辉煌。

这一天，麻爷刚好满80岁。

血染的小棉袄

老太太怯怯的脚步声，惊醒了楼道上的路灯，路灯倏地亮了。

老太太抱一个包裹，额头上浸出了密密的细汗。老太太是来找马老师的，马老师住在五楼。敲开门，老太太自我介绍说，她是土狗他妈。中午进城，客车在半道上熄了火，司机修了老半天才修好，就误了时辰。不识路，她见人就问，终于找到地头了。老太太抹了把汗，进屋把包裹搁在茶几上，突然骂起土狗来，骂着骂着眼泪像断了线的珠子，吧嗒吧嗒往下掉。马老师一边安慰她，一边叫她别哭慢慢说。老太太点点头，断断续续地说开了。

原来，再过几天老太太就满六十了，土狗要在城里给她办生日酒，狠狠风光一场。这个，马老师知道，土狗在电话里已经请过他了。马老师不知道的是，办生日酒是喜事，老太太却不同意，左劝右劝磨破了嘴皮，土狗不听，无奈之下就旁敲侧击问了他住址，求他来了。老太太打开包裹，对马老师说，我们家土狗，打小就听老师的话，他常常念叨你，你的话他一定会听。这儿有件棉袄，我把它交给你，兴许还有用。老太太说完，要往儿子家去，马老师留不住，只得送她下了楼。

回到家，马老师铺开茶几上的棉袄，一下子怔住了。棉袄上，满是补丁，一层又一层。每个补丁上，都绣着展翅的蜻蜓，或一只，或两只。马老师一数，不多不少40只。渐渐地，马老师的心情开始沉重了。

马老师想起了学生时代的土狗。那时所有同学都叫他土狗，土狗是他的小名。他的大名叫李军，很平凡的一个名字。当时，马老师还没调进城，在乡下教初中，兼着土狗的班主任。土狗住在一个偏僻的小村里，家穷，一年四季总见他穿着同一件衣服，好像从没换洗过。到了冬天，唯一的变化就是穿厚了些。那种厚度，只到背脊的一半就没了，另一半装着空气，被风一吹，就瘪进去，从后面看，极像一个小驼背，样子显得很是滑稽。有同学趁他不注意，一把撩起他的外衣，这才发现他穿的是一件小棉袄。从此，一些同学老拿这个取笑他，不久又有同学开始羡慕他了。听说，土狗的棉袄很好看，上面绣着蜻蜓。5 只、10 只、20 只……棉袄上的蜻蜓一天天增多，最后多达 40 只。当然只是听说，马老师没数过。初中毕业，土狗考上了中专，分到县里工作了两年，又去参加成人高考，脱产读了本科。现在的土狗，已经混得有模有样，不再是当年的土狗了。

土狗妈的心思，马老师懂。看来，得提前到他家去了。马老师想。

第二天刚好是个周末，马老师不停地打电话，土狗老不在，直到傍晚，才得到确切消息说土狗九点回家。八点多，马老师带上老太太留下的包裹，朝土狗家去了。土狗家楼下，是一条小街，没有路灯，旁边是一个建筑工地，路面被弄得坑坑洼洼的，马老师探一步，走一步，走得极慢，极小心。突然，后面两根雪亮的光柱射进了小街，马老师回头，刺得睁不开眼。等他睁开的时候，光柱已闪到了面前，马老师慌了，一不留神栽进了身后一条污水沟里。

马老师被工地上巡夜的民工送进了医院。

老太太一连等了三天，不见马老师上门。土狗一回家，不是忙着电话请客，就是忙着写请柬，老太太火烧火燎地急。没办法，她只得又跑了一趟。敲门，没人应。一问邻居，才知道马老师住院了。

老太太领着土狗，去了医院。

在医院里，马老师讲了去土狗家的经过，听到一半，土狗就低下头，把脸转向了一边。马老师挣扎着坐起来，颤抖着从枕头下取出一个包裹，铺开，对土狗说，李局长，这件棉袄，你还认识吧？土狗细细一看，棉袄上东一块西一块印满了泥痕，斑斑血迹清晰可见。还有几只蜻蜓，完全被染成了红色。这棉袄，多像自己曾经穿过的棉袄啊。土狗弯下腰，一、二、三……默默地数起来，不多不少，刚好 40 只。数完，土狗捧起棉袄，站起身，说不出一句话。

过了许久，土狗抬起头，看一眼他妈，再看一眼马老师，说，谢谢你们，你们的苦心，我明白。顿了顿，土狗又说，马老师，你千万别叫我李局长，还是叫我土狗，土狗这名字虽然贱，但能保人一生平安。那天晚上，是我……

别说了，我知道。马老师摆摆手，打断了土狗的话。

老太太摩挲着手指上密密的针眼，眼里的泪花花儿打着转儿。为了儿子，为了缝一件小棉袄，和土狗穿过那件一模一样的小棉袄，老太太整整用了五天五夜。这些，又有谁知道呢？

唢呐王

在桠村，唢呐吹得好的人，就数李三毛和王吹吹。李三毛出道早，全村人都叫他唢呐王。按辈分，王吹吹是李三毛的徒孙，但这个徒孙却有点“大逆不道”。他放话说，当唢呐王可以，赢了我再说。

机会终于来了。张铁匠死了娘，请王吹吹去闹丧，和他搭档的刚好是李三毛。桠村吹唢呐一般是两人合奏，互相补充，互相应和，这样吹出的声音才好听。两人合吹了一曲，引出了一片唏嘘声。王吹吹得意扬扬地扬起头，看天，斜也不斜李三毛一眼。

天上，笼一层黑云，像要下雨的样子。王吹吹就看着那层黑云，慢悠悠地说，你敢不敢比？比谁能把雨吹下来！

李三毛一怔，望了望天，沉思了一会，说，好吧，谁先？王吹吹又看了看天，那云比先前更黑了，黑得像要掉下来。雨马上就要下了，不能让他抢了先机。王吹吹有了主意，笑着说，你是前辈，让我先来吧？王吹吹把“前辈”两个字说得很重。李三毛不介意，大度地说，好，你先！王吹吹吸气、鼓腮……一曲哭丧调，徐徐吹了出来。喇叭对着黑云，黑云开始慢慢翻卷。王吹吹哭了，看热闹的人哭了，但雨却没掉下来。泪眼蒙眬中，王吹吹看见李三毛抹了把眼睛，手里的锁呐对准了黑云。李三毛吹的是同一首曲子。一曲没吹完，在场的人全都不能自已，众皆号啕大哭。天上的黑云翻得更快了，一团更大的黑云罩上了头顶。黑云终于掉下来了，变成了哗啦啦的雨，像人们哗哗的泪。

李三毛赢了，但王吹吹心服口不服，说要找时间再比比，谁赢了，才是真正的唢呐王。

不比了，我把它让给你吧！李三毛说。

让给我？你这是臊我脸哩。王吹吹甩下这话，不管张铁匠如何挽留，自顾自收了家伙，回家了。

以后，村里人只能闻其唢呐声，很少见到王吹吹其人了，有时一连十来天也不见他的人影儿。他这是在苦练绝技哩。村里人说。李三毛呢，处变不惊，该干啥还干啥。请他的人，排成了长队。他经常是走了东家，去西家，很少落屋。这天中午，李三毛从桐村闹丧回来，渴了，环顾四周，没处有水喝。于是，他对不远处一丛杂草说，把水拿来我喝点吧！过了一会儿，一个人从中走了出来，竟是王吹吹。王吹吹手里，拿着一瓶矿泉水。李三毛喝了水，盯着王吹吹的脸，问，跟了我这么多天，有收获了？吹给我听听？王吹吹却扬了扬了头，说，谁跟你了？我也是路过这儿。李三毛知道王吹吹一向傲气，即使是偷艺，也不会承认的。李三毛转移的话题，问，还比吗？当然比！王吹吹挺着胸，脱口而出。好吧，你赢了我，我才高兴哩，李三毛笑着说，你还是跟在后面，小心别让人发现了。说完，他快走了几大步，甩下了王吹吹。

没过多久，大槐的婚期到了。他经不住怂恿，有意请了李三毛和王吹吹。大家都等着看好戏哩。

快比吧，今天，你们谁赢了，谁就是唢呐王。

刚扯开场子，村里人里三层，外三层，就围了过来，大喊大叫。

今天，我们比吹流行歌曲，看谁吹得多，吹得好。王吹吹高声说。

好！李三毛手心揉搓着下巴上的胡碴子，低声应战。

这次，你先来！王吹吹说。

李三毛也不推辞，吹了一首《太阳出来喜洋洋》。吹完，人们鼓掌叫好。王吹吹吹的是《妹妹你大胆往前走》，吹完，也赢得一片叫好声。就这样，二人一言不发，你吹完了，我接上；我吹完了，你接上。大槐院子里满是树，像一片绿云，云朵里，鸟儿飞来了，叽叽喳喳地应和。

天，渐渐黑了。灯光，亮起来了。

王吹吹和李三毛还在吹。

声音，渐渐低了下去。二人的嘴肿了，没力气了。吹到半夜，李三毛接不上了，他含着唢呐，吸不进气。一吸，嘴就痛。还吹吗？李三毛歪着嘴问。吹！王吹吹吐出这个字，使出吃奶的力气又吹上了。可是，他只吹到一半，就瘫在了地上。看王吹吹倒地，李三毛打起精神，一曲吹完，也像散了架，瘫了下去。

李三毛多吹半首，又赢了。

毕竟，李三毛上了年纪，经这一折腾，从此一病不起。不久，他就死了。出殡那天，王吹吹披麻戴孝，把李三毛送到了坟地。

第二天，有人说，在李三毛的坟地里，唢呐寂寞地响了一个晚上。一些人不信，就跑去找王吹吹，想问个明白。家里没有，他们就去了坟地。果然，王吹吹坐在地上，一根手指上，全是凝固的血块。嘴里的唢呐，杵在地上，吹出的只是断断续续的“嘘——嘘——”声。他的嘴，已经肿成了馒头。

坟前的石碑上，写着三个血字：唢呐王。

空位上有人

昨晚的雨像风一样，来得快，去得也快。老人起得早，他踩一地洇湿，走进了公园。

公园里，到处是晨练的人，男男女女的，和老人岁数差不多。

老人五十多岁了。老人从不晨练。

老人加快了脚步。老人来到一片桃林边。林边有一条石凳，凳上没人，老人松了一口气。老人用手擦了一把石凳，擦去了一把水珠。然后，他从裤兜里扯出一张雪白的纸巾，把石凳又擦了一遍。

坐吧。老人说。老人拍了一下石凳，自已坐在了旁边。

花要开了。老人又说。老人面前的桃林，还是一些花骨朵。晨风吹拂，青枝绿叶摇曳出一波一波前呼后拥的细浪。老人的目光停在了眼前那棵最粗的桃树上，他惊喜地发现，那重重叠叠的枝叶间，竟有了一点粉红。

老人的头转向左边，看着空位，会心地笑了。

这时，一个肥胖的中年男人走过来，他低头看了看，手掌在空位上抹了抹，打算坐下去。老人伸出手，拦住他，说，有人！中年男人一惊，马上直了腰，惊遽地看着老人。有人！老人的口气不容置疑。

神经病！中年男人骂骂咧咧地走了。

中年男人走了，老人发现，他的身后，还站着一个人。他定睛一看，是隔壁的肖老太。十年前，肖老太的男人在一次车祸中丧了身，现在儿子在外地，她一个人生活着。不知是老人的缘故，还是其他原因，肖老太也爱逛公园。肖老太从不打扰老人，只是跟在老人后边，默默地散着步。这会儿，肖老太却微笑着，对老人说，我能坐吗？老人心里颤悠悠地晃了一下。

你知道，有人。老人别过了脸。

肖老太默默地站了一会儿，然后有一步没一步懒懒地打老人面前过去了。

没过两天，桃花就开了，赏花的人多了起来。

老人去得更早了，老人怕石凳给人占了。幸好，老人每一次去，石凳上总是空无一人。老人总是先擦一遍凳子，总是说，坐吧。他自己呢，总是要定定地看着空位，过了好一会儿，才坐到一边。

这天，是个周末，牵成线的游人叽叽喳喳，指指点点地热闹着。许是逛累了，一对年轻人停在了老人左边。男的说，坐会儿吧。女的说，太窄了，坐不了。男的说，我抱你。女的就嬉笑开来，还擂了男的一拳。老人像往常一样，伸出手横在空位前，说，有人。人在哪儿？撞鬼哟！男的把老人的手拨开，不由分说坐了下去。

老人气咻咻瞪着双眼，无可奈何地站起来，说，我们走吧，另找地方。可是，老人围着桃林转了一圈，仅有的几张石凳全坐满了人。

第二天，老人的两只手里，多了两个小圆凳。

老人来到那棵最粗的桃树前，选好位置，摆好凳子。说，坐吧。等凳子上的人坐好了，他才慢吞吞地坐下。

一个下午，肖老太来到了老人身边。肖老太手里，也提了一个圆凳。

你忘了。肖老太说。

老人无语。

你说过，我们要一起看桃花的。肖老太的眼里，滚动着一些晶亮的东西。

都这把年纪了，别这样。老人说，你看看这棵桃树，就知道，我没忘。

我知道，这棵树是你和她移到这儿的，在城市扩建的时候。肖老太的声音哽咽起来。

是的，我现在老做梦，梦到我们三个人一起看桃花。老人说，可是，她为了我，看不到今年的桃花了。

老人说的她，是他的妻子。

那天，老人陪妻子逛了大半天街，要回家的时候，突然想看看桃林，看看那棵最粗的桃树。他们就朝公园走。走到半路，累了，就坐在路边休息。这是一片建筑工地，没想到刚坐下不久，一块砖头直直地从他们头上掉了下来。在路人的惊呼声中，他妻子猛地一推，老人被推出去了，她自己却不幸被砸中了。

我知道，每年春天，你们都会天天来守桃树、看桃花。桃树上刻着的两颗心，已经有20年了。肖老太说，你不知道的是，树上，我加了一颗心，三颗心了。一根线，把我们三颗心连在了一起。

我们去看看吧。肖老太牵了老人衣角，起身要进桃林。

别进去了，我相信。老人叫住了肖老太说，你看，大家都站在外面，如果我们带坏了头，公园还怎么管？

老人是公园的园艺工人。老人已经退休了。

那，我们三个人一起看吧。肖老太说。

肖老太在老人旁边，放了凳子，紧挨着老人坐了下去。

那棵最粗的桃树，静立着。粗壮的树干，黝黑的皮裂着一道道口子，像老人脸上沧桑的皱纹。

张三杀人

一个家说没就没了，张三扭曲的脸上，全是泪水。

张三拨开人群，踉踉跄跄来到村主任面前，声嘶竭力地吼，我要杀人！

来呀，朝这儿砍！村主任唰地撩起衬衣，拍着白白的，肥肥的胸膛，不屑地说，谅你也没这个胆量。再说，这能怪我吗？是你自己太穷了，留不住女人！

我……我……张三“我”了半天，没吐出一句完整的话。他的脸，扭曲得更厉害了。他恨恨地转过身，无奈地回到了他那间土墙房。村主任爽朗地笑了。笑声里，张三发现自己的身子又矮了一大截。

第二天尹晨，人们发现，张三手里多了一把西瓜刀。

张三坐在村口，面前是几大砣刚从水田里挖出来的泥巴。张三瞟了一眼看热闹的人，然后把刀别在屁股上，开始堆泥人。没过多久，泥人就堆成了。你们说，像那个狗皮村长吗？张三抬起头问。村主任头上有癞疮疤，一片头皮寸草不生，一年四季不管天晴落雨，总戴一顶瓜皮帽，村里人都叫他狗皮村长。

听到张三问话，有人就偏头偏脑地看了一会儿，说不太像。张三就用手指撮了泥，嘴巴、鼻子、眼睛一一作了修正，一个村主任就轮廓分明地出现了。张三站起来，从背后抽出刀，高高举起，“嘿”的一声劈了下去。村主仼成了两半，张三还不解恨，边劈边说，我砍死你，砍死你！他手里的刀不断地举起、落下，越来越快，闪出一片耀眼的寒光。

张三！一声大吼，把张三的刀惊在了半空。张三回头，是村主任。

村主任说，你小子没种，我在你面前，砍哪！砍就砍，怕你啊！张三举起的刀砍下来，砍在了泥堆上。

村主任笑了。村主任伸出手，从张三手里夺过刀，哼着小调回家去了。

下午，村主任下地，张三跟在了他身后，手里又有了一把刀，还是一把又长又亮的西瓜刀。

村主任走进一块玉米地，开始埋头锄草。不远处，张三从田里挖来泥巴，堆成了一个人，不用说，又是村主任。张三举起刀，一刀一刀地砍着，嘴里大声说，砍死你，砍死你！村主任听得真切，起初他不在意，听到后来就有些心烦意乱了。

张三，你到底想咋的？村主任扔了锄头，气冲冲跑到张三面前，问。

不咋的，你还我老婆。张三说。

我又没抢你老婆。村主任说。

就是你，不是你，她会和我离婚，嫁给你亲戚？现在你还我，还不是一句话。刚才停下动作的张三，说完又举起了刀。

说得轻巧。这样吧，给你点钱，作为补偿。村主任说。

我不要钱，要老婆！张三一刀狠狠地落在泥人上。

不识抬举！村主任骂了一声，不再理会张三，转身回去拖了锄头，走上了来路。

张三也提了刀，跟在了村主任屁股后面。

村主任毛了，回头扬起了锄头。张三见势不妙，头一偏，锄头砸在了肩上。张三捂着肩，痛苦地倒了下去。村主任冷笑了一声，扬长而去。

张三呻吟着，把身子拖回家，在床上整整躺了半个月。

等肩膀好了些，张三又跟定村主任了。村主任走到哪儿，他跟到哪儿。每到一个地方，张三都要挖来泥巴，堆个泥人，边砍边说，砍死你，砍死你！

村主任没辙了。

村主任开始做噩梦了。梦里，老是张三举起的西瓜刀。

村主任瘦了，连头上的瓜皮帽，也显得宽大了许多。

年底，村主任家修新房了。竣工那天，村主任杀猪宰羊，大宴宾客。张三坐在新房的屋檐下，村主任站在他头顶的房梁上。张三面前，照样堆着一个泥人。那个泥人，很像村主任。

张三怪异地看了看村主任，举起了刀。

张三的刀正要落下，他又像想起什么似的，仰起头，对村主任说，狗皮村长，你听着，我今天要砍死你！

张三一刀劈了下去。

泥人里，鲜血飞溅，洒了张三一脸。

村主任看得触目惊心。恍惚之间，张三的刀真的砍在了他身上，血，从他身体里喷涌而出。村主任一声惊叫，一头从房梁上栽了下来。

村主任家帮忙的人，乱成一团，有的跑去看村主任，有的跑去看张三。张三傻笑着，平伸出双手，说，我杀人了，你们抓我吧。人们不理他，细看他劈开的泥人，除了一个塑料袋，啥也没有。有人用手指蘸了血，像猎犬一样不停地嗅着。这时，一个厨师跑来，说，猪血不见了，他进过厨房，估计是他偷的。人们这才恍然大悟。

那边，人们七手八脚，把村主任弄上滑竿，正要往镇医院抬，可是，村主任没挺住，在滑竿上断了气。

村主任死了，被张三杀死了。

废墟上的蝴蝶

蝴蝶村有一片废墟。

废墟在村东。早些年，那儿有间生产队的土墙房，一个平整的土晒坝。紧邻晒坝的，是个坟场。密密的坟墓，藏在一人多高的杂草里。土地下户那阵，土墙房原本要卖，但没人买，都说单家独户，住着害怕。于是，房子没人管了，塌了，成了废墟。坟上的杂草，肆无忌惮地蔓延，疯长。

蝴蝶村，有很多蝴蝶。原来的蝴蝶，集中在坟场上。现在，蝴蝶翩飞的范围大了，也更多了，像一片斑斓的云。

蝴蝶村因了蝴蝶，远近闻名。

这天，是清明节。老五提着一个竹篮，走进了坟场。中午热闹的坟场，静了。老五走得很慢，他已经80岁了。地上，绿绿的杂草，淹到了他的小腿肚。老五走到一个土堆前，停下脚步，放下竹篮，坐在地上。老五抬起了头。天空，太阳西斜了，暖暖地曛人。阳光下，成群结队的蝴蝶飞舞着。蝴蝶，蝴蝶！老五坐在地上，念叨着。慢慢地，他从篮里拿出一沓纸，几炷香，一瓶酒，一碗猪头肉，摆在土堆前。

坟场里，又飘起了一缕青烟。

老五不知坐了多久，等他起身回家，天色已经暗了。老五走出坟场，回头一看，就看见了一只蝴蝶。蝴蝶跟在他身后，翩翩起舞。老五一动不动，呆呆地看，许是蝴蝶飞累了，竟然歇在了他的肩上，一双眼睛瞅着老五，黑黑地亮。蝴蝶，跟我回家吧。老五叹了口气，挪动了脚步。说来也怪，那只蝴蝶听了老五的话，扇动翅膀，飞起来，跟着老五，飞进了他的家。蝴蝶村的人，很迷信。只要他们进了坟场，从不杀生。一只蜻蜓、一只蝴蝶，哪怕一只毛毛虫，在他们眼里，都有可能是亲人的化身。从前，老五信。现在，他更信了。

天黑，村里看稀奇的人来了。灯光下，一只蝴蝶，在人们眼前飞来飞去，不时带起一片惊呼。有人敞开门，想让蝴蝶飞出去。蝴蝶飞了几圈，真个飞出了门。可是，出乎意料的是，在一片惋惜声中，它突然折转身，又径直飞了回来。村里人都说，蝴蝶肯定老五的女人，不然咋就会这么神呢？

是咧是咧。老五说这话的时候，眼睛里流露出一种温柔。

老五成天待在家，守着一只蝴蝶，嘀咕一些谁也听不懂的话。

这天，村里来了两个穿着光鲜的男人。他们问到老五家，找到老五，说他们是省城搞生物研究的，这次来是想看看他的蝴蝶。老五惊奇了，问他们怎么知道。其中一个说，小松这个人你知道吧？老五说知道。那人说，他在省城打工，是他告诉我们的。老五给二人让了座，一只手在桌子上轻轻一拍，桌上的蝴蝶就飞了起来。看到蝴蝶，二人的目光就直了，连连惊叹，绝品，绝品啊！

开个价，卖给我们吧！一个人说。

卖？不卖！老五断然拒绝。

你说，多少钱？老五儿子一脚跨进屋，连忙问。

500 块！另一个人伸出巴掌，在老五面前晃。

给我一座金山也不卖。老五怒视着儿子。

你们走吧。老五把二人推出门。

二人悻悻地转到废墟边，早给人拦住了，大家不让进，说要捉蝴蝶，只能在外面。二人站在远处，看了看，说，我们不进去了，那些蝴蝶没老五家的好。说完，他们又走回老五家。老五看到他们就骂。骂得他们不敢再去了。

二人咬了一阵耳朵，找到了老五儿子。

第二天，老五的蝴蝶不见了。老五急忙跑到儿子家，问是不是他卖了。儿子满不在乎地说，是我卖的，一只蝴蝶嘛。儿子掏出一沓百元钞票，哗啦一抖，又说，700 块哩。老五一把抢过钱，扔在地上，踏上一只脚，流着泪说，不行，我得找他们去。

天不亮他们就走了。就算找到他们，也早做成标本了。儿子边说，边拾起了钱。

老五不懂啥叫标本，他哭骂着朝镇子上去了。

听说老五的蝴蝶能卖钱，卖大价钱，村里沸腾了，他们涌进了坟场。

老五回来了，他到了镇上，身上没一分钱，怎么到省城呢？老五只有回来了。回来的老五，啥也不说，自顾自进了坟场。

老五坐在那个土堆前，无声地哭着。

村里人都知道，老五的女人叫蝴蝶。蝴蝶人漂亮，爱唱戏。老五儿子还没断奶的时候，她跟一个到村里唱戏的男人跑了。几年之后，戏班又来到村里，老五没见男人，也没见蝴蝶，一打听，才知道蝴蝶想回家，男人不让，有一次逃跑给男人抓回去打死了。于是，老五就垒了个土堆，作了蝴蝶的坟。

坟场里，已没有了一只蝴蝶。老五孤零零的，身子打着颤，像一片寒风中的树叶。

远处，传来一片笑声。

那是男人的笑声。男人们约着上省城去了。他们手里都提有一个竹笼。竹笼里，全是一团一团斑斓的蝴蝶。

红红的指甲花

蚊子住进了医院。

蚊子喜欢旅游。前些天，蚊子去了杭州。坐在西湖的游船上，蚊子哭了。边哭，蚊子边说，虫子，我终于看到西湖了，比我们小时候想象中的西湖美多了。虫子，我想你，能来陪陪我吗？虫子是蚊子的朋友。虫子在电话里说，我在上班，请不了假，你过来吧。蚊子有些犹豫，等上了岸，蚊子就有些不由自主了。坐了三个小时的大巴，蚊子拐进了虫子所在的小城。一路找过去，没费多大工夫，蚊子就找到了虫子。这是个下午，天空洒着似雾一样的小雨，蚊子的头发里，藏了些雨星子，柔柔的湿。

第一眼看到蚊子，虫子笑了笑。虫子的笑一点也没变，还是那种浅浅的，像细雨一样湿润的笑。虫子从背后变戏法一样亮出一束指甲花，递到蚊子面前，说，你没说一定要来，我知道你会来。这是你最喜欢的，送给你。蚊子的脸，就给那束指甲花染红了。

吃晚饭的时候，虫子说，蚊子，你是怎么了？脸这样苍白。没有啊，你看，我身体多好。蚊子轻轻拍着自己的脸颊，“噗”地笑了声。那天晚上，蚊子住在宾馆里。虫子离开了，蚊子睡不着，她觉得全身都痛，是那种隐隐的痛。哪儿痛，她不知道，按这儿这儿痛，按那儿那儿痛。两天来，这种痛发得更频繁了。

于是，蚊子匆匆踏上了归程。她没回家，径直去了医院。医生看了她的化验单，板着面孔说，住院。蚊子就住了院。

蚊子住院没告诉父母。两年前，蚊子离了婚，儿子跟了丈夫。病床上的蚊子，斜躺着，眼光落在床边的木柜上。木柜上，是一束指甲花。

是虫子送她的那束指甲花。蚊子舍不得丢掉，像宝贝一样带了回来。有了花的相伴，蚊子觉得一点也不寂寞。

这天早晨，蚊子发现指甲花枯萎了。蚊子苍白的脸上，便爬满了泪。门开了，陈大爷进来了。陈大爷是医院的清洁工。他端着早点，对蚊子说，吃吧。蚊子接在手里，擦了把泪，对陈大爷笑了笑。陈大爷顺手拿起花，走了出去。

蚊子进院那天，医生问她还有什么人，蚊子说只她一个人。蚊子不想让父母操心。为了她们三姐妹，父母的心早就操碎了。这个蚊子知道。开始几天，蚊子就自己到医院厨房打饭吃。再下来，她坚持不住了，陈大爷就主动照顾她。蚊子来的第一天，陈大爷看见那束指甲花，眼里一亮，就说，你叫蚊子吧。蚊子说，你怎么知道我叫蚊子？听别人这样叫过。陈大爷说完，伸出手掌，把蚊子前额上凌乱的头发往后捋了捋。

陈大爷把花送回来了。花上，还滴着水珠。浇过水的花，有了些生气。

蚊子的病越来越重了。十来天时间，已经瘦得不成人形。旁边，木柜上的花完全枯萎了。蚊子半睁着双眼，无神地望着天花板。

陈大爷，你知道吗？我有一个好朋友，我现在好想他。蚊子的声音轻得像夏天里掠过的微风。

陈大爷坐在床前，静静地听蚊子说话。

蚊子说，从小学到初中，我们一起上学，他像哥哥一样爱护我，关心我。我经常和他一起到他家去，他家种了一片指甲花。花开的那些日子，我几乎天天去。一到他家，他就给我摘好多好多的花，让我戴在指甲上。手上戴满了，我还脱了鞋子，往脚趾甲上戴。他父母对我很好，像对亲生女儿一样，特别是他爸，还给我亲自戴过好几回。后来，他考上大学，在外地找了工作，结了婚，过得很好，我也只得嫁了人。蚊子停了停，叹了口气，又说，听说他给他爸找了事做，如今十多年没见了，他爸本来就显老，现在也许更老了，也不知还在种指甲花没有，好想和他一起去看看。可是，怕是没这一天了。你看，我的灵魂飞出去了，真的，从窗口飞出去了，飞到他那儿去了。蚊子的眼光停留在了窗子上。

窗子关着，蚊子没事的。陈大爷别过脸，轻声安慰她。

第二天，蚊子醒来已近中午。

蚊子睁开眼睛，看到了满满一屋子指甲花，满满的一屋子红。花上的水珠，在灯光下，亮晶晶地滴答。

屋外，过道的墙壁上挂着一部公用电话。电话前，站着陈大爷。陈大爷颤抖着嘴唇，说，回来一趟吧，蚊子恐怕不行了。他最想见的人，是你。接电话的，是虫子。虫子说，爸，我现在外面出差，办完事马上回来。要快！陈大爷吼了一声，挂了机，去了街上。蚊子有两顿没吃东西了，蚊子最爱吃酸辣粉，这是陈大爷昨天晚上想到的。

可是，陈大爷买了酸辣粉回到病房，蚊子却不见了。

虫子回来，也找，还是找不到。

两天后，陈大爷和虫子才听说，蚊子死在了火车上。

那趟火车，开往杭州。

挂把刀做人

张三有把刀。那刀，一尺多长，闪出惨白的寒光，看起来很锋利。

张三与刀形影不离。张三把刀别在皮带里，有意让刀把露出长长的一截。张三走路昂首挺胸，双脚甩着大步，踏得大地咚咚地闷响。刀把呢，随着他走路的节奏，拍打着他的肚皮，像是给张三壮胆。

有刀和没刀，那感觉真的很不一样。

那天，李科长把一张统计表给他，要他在下班前填好，交到办公室去。张三没接，自顾自荡着他的二郎腿。可是，李科长不管那么多，一巴掌把表拍在了他的桌上，头也不回地出了办公室。

张三生气了，噗哧噗哧的嘴巴像在练蛤蟆功。生过气，张三就把表格递给对面的小王，说，来，你填吧！要着钢笔的小王说，我正忙着哩。张三的手，在空中尴尬地僵了僵，顺势又递给小武，小武嘻嘻笑着说，我也忙着哩。然后，小王和小武一前一后出去了。

哼，还是那副领导的派头，什么玩意儿。小王说。

说是。小武应和。

这话，张三当然听到了。张三气咻咻地想，老子什么玩意儿？有本事以前就别当孙子。张三站起身，来到李科长的办公桌前，像李科长一样，扬起手，把表格一巴掌拍在了桌上。

张三也出门去了。

张三误了工作，奖金被扣了整整一百元。

第二天，人们发现，张三就有那把刀了。

上班的时候，张三啥也不做，就把玩他的刀。他一会儿将刀凑近嘴边，漫不经心地朝上面哈热气，过一会儿，他又掏出一小片布条，反复地擦拭着刀身。有了刀，李科长分配任务，总是小心翼翼的，生怕惹恼了他。小王和小武也乖多了。张三要他们做啥，他们就做啥。有时，他们想说什么，可话到嘴边，看一眼张三手里的刀，什么也不敢说了。

于是，有人找张三谈话了，那个人是局长。

上班带着刀，不太好吧？局长说。局长瞅着张三肚皮上的刀把，语气软得像泥。

只是好玩吧。张三说。

可是，像黑社会老大，会影响单位形象的。局长说完，已经退到了沙发上，端上了他的茶杯。

局长大人，别怕，杀不死人的，杀死了人，我也会自己负责。张三丢下话，气愤地走了。我当得好好的，要不是你背后做手脚，我会下台，我会带刀吗？张三愤愤地想。

局长奈何不了张三，也有气。局长就动用关系，想把张三踢出去。“叫花子也有三个烂朋友”，毕竟还当过领导，所以，张三并不那么好踢。踢了几个月，没达到预期的效果。本来，局长还想再使使劲儿，又怕用的力大了，踢伤了自己的“脚趾”。想想张三也够可怜的，正如日中天、年富力强的时候，不明不白地下了课，那种一落千丈的滋味肯定不好受，只要他不闹出人命，都是可以理解的。听了这些话，局长也理解了，于是双方都挂上了“免战牌”。

暗地里，局长把李科长和小王、小武召集在一起开了个小会。局长说，你们在工作上多做点，别和张三斤斤计较，再怎么说他原来也是领导，面子得多少给一些。不然，惹毛了他，出了事儿毁的是你们自己，犯不着。三人一想，是这么回事，都答应了。

领略到了刀的妙处，张三的心情自然好了。消瘦的脸，也渐渐红润了起来。

不久，人们发现，张三爱逛街了。

上班的时候，张三有意无意拍着刀把，在人们的目光中缓缓而行。中午，他不回家，就在街上随便填一下肚子，再逛他一两个小时。傍晚下班，他总是逛到小城一片灯火通明，方才姗姗而回。张三逛街，专往人多的地方去。行人见了，全都纷纷主动让路，让张三先走。看见人们眼里的惊惧，张三直直腰，露出一些让人捉摸不透的笑容。

这天中午，太阳火辣辣的，张三满头大汗，漫无目的地走在大街上。街上，行人寥寥无几，张三很失意，很寂寞。

张三正打算凉快去，突然看见一群人从远处走了过来。

张三精神来了，他挺了挺胸，把刀把向上又提了一截，迎了上去。

那群人压根儿就不正眼瞧他一眼，照样有说有笑走过了他身边。这让张三很不满。张三停下脚步，呆了呆，然后转身大步追了上去。

站住！张三喊。

干啥？一群人面对张三，齐声问。

你们没，看见这刀吗？张三拍着刀把，激动得语无伦次。

大白天，遇到抢劫了。一个人嘀咕一句，向其他人一使眼色，几双大手同时扭住了张三的胳膊。

一个人抽出张三的刀，觉得不对劲，两手一折，张三的刀便断了。

原来，张三的刀不是真刀，只是一把纸刀。

刀身，也不过是贴了一层锡箔而已。

送子石

结婚两年了，女人的肚子还没一点动静，李大很着急。

李大站在村口，迎着早晨的薄雾，木然地仰望着大石山的深处。

让她去吧，去住一晚上，很灵的。李大背后，一个苍老的声音说。李大知道，是他爹。爹的目光，跟着李大，也仰望着大石山的深处。与李大不同的是，爹的一双眼睛，像两团火，在霍霍地燃烧着。

真的有那么灵吗？李大翁声翁气的声音，像来自遥远的地方，很模糊。

当然灵，不然哪有你。听了李大的话，爹有些不满，口气重了些，显得不容置疑。

李大明白爹的意思。关于送子石的传说，村里传了几代人了，他李大就是最有力的佐证之一。

送子石在大石山深处，是一根高耸入云的石柱，中部光秃秃的，顶部似一个半球形，上面长满了杂树，这一奇特的形状，看起来颇像一个巨大的男根。送子石旁边，是一块长满苔藓的石碑，上面刻着“传宗之精韵，藏接代之灵气”。因年代久远，字迹已然漫灭，几不可辨。有了它，村里才会人丁兴旺。村里上了年纪的人都这么说。于是，逢年过节，有人便买了香蜡火纸，前去祭拜。

李大的爹和娘成亲之后，也祭过送子石，比村里谁去的次数都多，都虔诚。但娘和李大的女人一样，始终怀不上。李大的爹是个木匠，经年跑在外面，他娘就是爹从很远的地方带回来的。他娘长得乖巧，漂亮，是村里公认的美人儿。怀不上娃，没了后，是他爹娘最大的遗憾。

有一天，有人便指点说，村子离送子石太远了，你女人吸收的灵气有限，让她到送子石下面过一夜，灵气吸多了，自然就能怀上了。李大的爹一想，有些道理，就点了头。李大爹回家，连忙收拾了东西，陪女人向山里走去。半路上，指点他的人不知从哪儿冒出来，又说，男为阳，女为阴，男人的阳气太重，会把灵气冲跑的。于是，李大的娘就壮着胆子，一个人去了。

不管这些是真是假，反正李大的娘回家后，没过多久就怀上了李大。

也许，送子石真的很灵吧。李大常常盯着女人的扁平的肚子，不断问自己，不断犹豫着。现在，听了爹的话，他终于下定了决心。

回到家，李大把爹的话给女人讲了。女人听说一个人独自进山，还要在送子石下面过一夜，当即就吓哭了。李大替女人擦着泪，慢声细语地劝女人。劝了好半天，女人才勉强答应了。

下午，李大给女人捆了两床被子、枕头，然后扛在肩头，陪女人走上了进山的小路。山里的夜气来得早，午饭过后还没多久，暮霭就在村子里飘来飘去的了，幽灵一样，若有若无。李大和女人越走越远了，开初还能看见他们的背影，最后什么也看不见了，他们完完全全融入了暮霭之中。

李大的爹目送着李大和女人。他还是站在村口，他眼里那两团火，不但没有熄灭，反而越烧越旺，把山村这个普通的下午衬托得异常的美丽。

天色越来越暗，雾气越来越浓。

远远地，李大终于看到送子石了。送子石一如既往地矗立着，透出一种庄严和肃穆。石柱上，缠绕着丝丝缕缕的灰白的雾。李大停下脚步，一颗心莫名地跳得快了。

就送这儿了，你去吧。李大说。

一床盖，一床垫在地上，别着凉。明儿早，我到这儿接你。李大又说。

女人轻轻点头，女人接过被子，扛上肩。女人走了，脚步怯怯的，没有一丝声响。

女人走远了，再也看不见了。李大转身，走上了来路。

李大也走远了，消失在了雾中。

李大和女人刚才分手地方，突然钻出了一个人，一个男人。男人是村里的癞三。癞三是个无聊的人，成天东跑西逛的，做些偷鸡摸狗的事，很是讨人嫌。

癞三挠着头，张望了一会儿，往送子石去了。

一夜无话。第二天一大早，李大顺利地接着了女人。女人走起路来，身子摇摇晃晃的，柔软得像没了骨头。

你怎么了？李大问。

没什么，又惊又怕，可能是没睡好。女人不敢看李大，脸转向一边，低声说。

来，我背你吧。李大弯下腰，双手一捞，把扛着被子的女人捞在了背上。

从此，李大的眼睛，李大的爹和娘的眼睛，全搁在了女人肚子上。在一家人的注视下，女人有反应了。女人开始呕吐了，开始喜欢吃酸的辣的了。女人说，我怀上了。女人说这话时候，很平静，没有一点快乐。

我们应该高兴啊。李大说。

李大的爹和娘，长长地吁了一口气，脸上开出了一朵灿烂的菊花。

女人的肚子一天天地大了。

村里人都说，送子石真灵。

一晃，女人生了，是个男孩。

再一晃，男孩两岁了。可是，李大左看右看，不像他，也不像女人。渐渐地，村里人也发现了端倪，都说，男孩不像李大，也不像女人。

男孩像谁？有好事者盯着男孩那张阔嘴，像发现新大陆一样，宣布了他的最新成果。

好事者说，男孩像村里的癞三。

癞三也有一张阔嘴。

有人曾说，癞三的那张阔嘴，能吞下一只鸡。

浣花草

莓子人生得漂亮，嘴巴又甜，颇得人们喜欢。

莓子的娘是个病秧子。莓子爹会医，是祖传的。爹治病，全用些花花草草的东西，前些年人们还信这个，现在不信了。爹除了农活，一有时间就上山扯草药，回家熬稠了，一碗一碗给娘喝。喝了爹的药，娘也勉强能拖下去。而最不能拖的，是莓子哥的婚事。哥三十好几了，相了无数次亲，全都没了下文。哥白白净净的，还是高中毕业，姑娘们倒没啥意见，但一看到莓子家那两间破烂不堪的泥坯房，就打退堂鼓了。娘经常在莓子面前念叨，我没几天活头了，有生之年抱不上孙子，死不瞑目啊。每到这时，莓子就安慰娘，说快了快了，有眉目了。莓子怕娘不信，还把具体细节说得有板有眼，说得娘眉开眼笑。

莓子生在这样的家庭，很多人替她惋惜。大家都说，如果莓子家有钱，再打扮一下，哪怕穿着好一点点，就更漂亮了。

莓子不以为然，该做啥还做啥，快乐得像一只自由的鸟。

这天，下着小雨，莓子坐在床边陪娘说话。突然，莓子听到了踏踏的脚步声，莓子回头，一看是五婶。

五婶是村里有名的媒婆。五婶脸上挂着笑，莓子知道好事儿来了。莓子站起来，迫不及待地问，五婶，又给我哥说哪家姑娘了？

五婶拍打着衣服，把上面的雨点拍不见了，才说，莓子，有人看上你了。

莓子的脸一黑，说，我的事，五婶就别说了，也不用你操心。

说你的事，等于说你哥的事。五婶不生气，慢条斯理卖起了关子。

那你说说看。莓子坐上床沿，和娘一起看着五婶。

五婶说，莓子，这个人很喜欢你，他说了，只要你答应，他可以马上出钱帮你家修房，包你哥娶上女人。五婶抬头看了一眼莓子，见莓子不说话，又接着说，我知道你有男朋友，我也打听了，他家穷得叮当响，现在是该说拜拜的时候了，不然，过了这个村，就没这个店，你要想清楚。

你说的这个人，是谁？娘看一眼莓子，问五婶。

村里的二林。五婶说。

二林是全村有名的花花公子，仗着他爹当个小包工头，挣了些钱，就不把钱当钱使了。平时，二林在镇上鬼混，很少回村，一旦回来，村里就不得安宁了。莓子最看不起的，就是这种人，她怎么会答应呢？莓子想都没想，就一口拒绝了。

再好好想想，过两天我来听信。不过，不能想得太久，二林是独子，他妈还等着抱孙子哩。五婶打了一串哈哈，笑得有些夸张。

两天后，五婶来了，同来的，还有二林。莓子一家人都在，好像专等五婶似的。五婶问莓子答不答应，莓子嘴皮动了动，想说什么，可一看到一言不发的爹和娘还有哥，她就把想说的话咽下去了。他们的心思，嘴上没说，但从他们的眼神中，莓子看出来了。

二林不失时机地掏出两沓百元大钞，往桌上一扔，财大气粗地说，这是两万，修房的，不够再补。

莓子还是不说话。

二林，我替莓子答应了，等新房子完了工，你们就成亲。娘给莓子作了主。

不行，我娘的意思是，越早越好。二林说，最迟月底吧。

五婶走了，二林也走了。娘抱着莓子，流着泪，说，莓子，委屈你了，别怪娘。莓子摇着头，摇落几串泪珠。然后，莓子理了理额上的头发，说，我去找找他，给他一个交代吧。娘知道，莓子说的他，是她的男朋友。娘点着头，叫莓子早去早回。娘说完，看莓子，莓子已经不见人了。

新房动工那天，莓子嫁给了二林。

莓子没有嫁妆，二林也不要，说他家啥都有，不用花那个冤枉钱。

莓子就只带了一包浣花草，跟着迎亲队伍走进了二林的家。

结婚那天，莓子用浣花草熬了汤，喝了一海碗。以后，莓子每天喝一碗，从不间断。二林觉得奇怪，问莓子喝的啥。莓子说，一种草药汤，喝了可以美容，养颜。二林听了，就笑，就说，老土，现在化妆品多的是，我明天给你买一套回来。莓子说，不用，我就喝这个，喜欢喝。穷人见识。二林骂骂咧咧的，不再说什么了。

浣花草四季开花，长在河边。离村子不远，有条河，叫金马河。浣花草用完了，莓子就去河边采，每采一次回来，都要喝它三五天。浣花草味特苦，莓子每喝一次，就像受一次酷刑，难受得很。但再苦，莓子也要强迫自己喝下去。

一晃三年过去了，莓子的哥娶了女人，有了儿子，一家子其乐融融。可莓子呢？肚皮一点动静也没有。娘不担心儿子了，却担心起女儿来。莓子的婆婆已经等得不耐烦了，开始指桑骂槐了。二林对莓子，也没了好脸色，动不动就发无名火，几天几夜不归家。这一切，莓子谁也不说，只是默默地承受着，默默地一如既往地喝她的养颜汤。

又是两年过去了，二林在他娘的鼓动下，终于和莓子离了婚。

离婚不久，莓子就嫁人了。听说，莓子嫁的人，是她先前的男朋友。嫁给心爱的人，莓子不再到金马河边去了，也不再喝浣花草熬出的那种养颜汤了。一年后，莓子就生了一个又白又胖的儿子。

这个，二林没想到。二林更没想到的是，莓子喝的养颜汤，根本就是一味避孕药。莓子小的时候，听爹讲过。

有一次，莓子和二林在镇上相遇，二林好奇地问起这事儿。莓子不回答，反问，我们有感情吗？二林愣了愣，说有。莓子说，没有，我们也不是同一路人，早晚都得离婚，既然这样，其他的，还重要吗？

二林听不懂莓子的话，就想，想了半天，还是不明白。等他回过神，找莓子，却再也找不到了。